Brincadeira de Casinha

Índigo

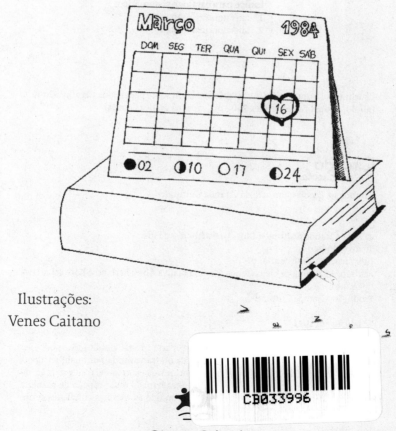

Ilustrações:
Venes Caitano

Ciranda Cultural

Dados Internacionais de Catalogação na Publicação (CIP) de acordo com ISBD

I39b   Índigo

           Brincadeira de casinha / Índigo ; ilustrado por Venes Caitano. - Jandira, SP : Ciranda Cultural, 2021.
           192 p. : il. ; 15,5cm x 22,6cm.

           ISBN: 978-65-5500-689-6

           1. Literatura infantojuvenil. 2. Família. 3. Relacionamento. 4. Sentimentos. 5. Convivência. I. Caitano, Venes. II. Título.

2021-720   CDD 028.5
                                                                   CDU 82-93

Elaborado por Vagner Rodolfo da Silva - CRB-8/9410

Índice para catálogo sistemático:
1. Literatura infantil 028.5
2. Literatura infantil 82-93

Este livro foi impresso em fonte Proforma Light sobre papel Book Creamy 52g/m² [miolo] e papel-cartão triplex 250g/m² [capa] na gráfica Grafilar.

Ciranda na Escola é um selo da Ciranda Cultural.

© 2021 Ciranda Cultural Editora e Distribuidora Ltda.
Texto © Índigo
Ilustrações © Venes Caitano
Revisão: Ana Paula de Deus Uchoa, Paloma Blanca Alves Barbieri e Karina Barbosa dos Santos
Produção: Ciranda Cultural

1ª Edição em 2021
www.cirandacultural.com.br
Todos os direitos reservados. Nenhuma parte desta publicação pode ser reproduzida, arquivada em sistema de busca ou transmitida por qualquer meio, seja ele eletrônico, fotocópia, gravação ou outros, sem prévia autorização do detentor dos direitos, e não pode circular encadernada ou encapada de maneira distinta daquela em que foi publicada, ou sem que as mesmas condições sejam impostas aos compradores subsequentes.

"Para Andrea, Ivana e Zezé.
A consequência da nossa brincadeira!"

A história que você vai ler a seguir aconteceu numa época em que não existiam celulares ou internet. As únicas pessoas com quem conseguíamos interagir eram aquelas presentes na nossa frente, em carne e osso. Não havia holografias. Não havia a possibilidade de bloquear amigos ou sair de grupos. No mundo de então, você era obrigado a conviver com pessoas que não tinham nada a ver com você. Não havia escapatória. Não havia emojis. Se você quisesse se comunicar, tinha que abrir a boca e expressar, com palavras, o que estava pensando.

Bem-vindo a 1984.

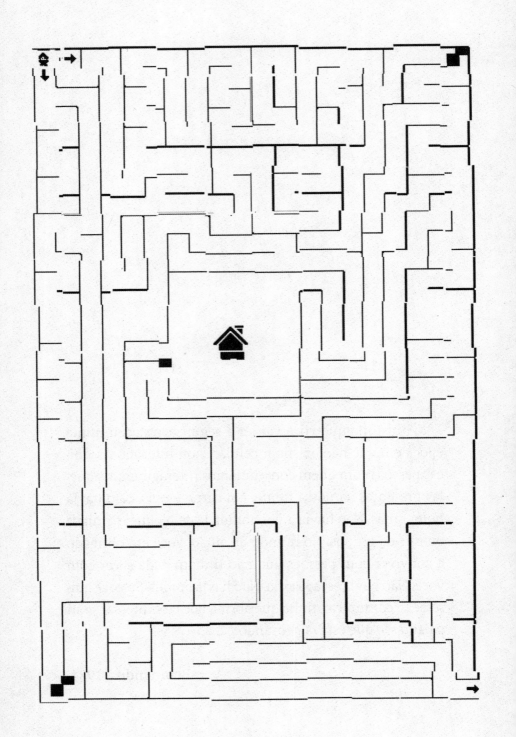

A SOLUÇÃO PARA O QUE FAZER COMIGO

Meus pais precisavam de um lugar onde pudessem me deixar depois da escola. Foi assim que dona Generosa entrou na minha vida. Ela não era exatamente amiga dos meus pais. Era avó do João, um menino esquisito da minha classe com quem eu nunca tinha conversado, e nem pretendia. Tudo que eu sabia sobre o João é que ele tinha asma e morava com a avó num sobrado que ficava a quatro quarteirões do Coração de Jesus. João e eu poderíamos ir andando para lá após a aula. Eu passaria a tarde num lugar seguro e familiar, e minha mãe ou meu pai me buscaria no fim da tarde. Então estava decidido.

Minha mãe tinha acabado de conseguir o emprego dos seus sonhos num prestigiado escritório de advocacia. Agora ela tinha uma pasta de couro cheia de compartimentos para os documentos importantes e elastiquinhos para encaixar as canetas. Seu novo corte de cabelo era supermoderno, com franjinha e repicado atrás. Os saltos dos seus sapatos ficaram mais altos e ameaçadores. Ela comprou uma bolsa vermelha reluzente que combinava com a pasta de couro.

À noite, minha mãe já não podia ficar assistindo a filmes comigo. Em vez disso, passou a estudar o que ela chamava de "processos". Eu observava a maneira como ela fazia anotações em textos imensos, de vez em quando soltando um comentário do tipo "interessante...", sem se dar conta de que estava falando sozinha.

Embora eu estivesse feliz por ela, não fazia ideia do que ia ser de mim.

Sou filha única e me encontrava naquele momento da vida em que as bonecas já haviam sido despachadas para a última prateleira da estante, onde permaneciam alinhadinhas uma ao lado da outra, como uma lembrança da infância que ia ficando para trás. Brincadeiras de casinha não me interessavam mais. Preferia ler romances, ouvir música no meu Walkman ou ficar deitada na cama imaginando meu futuro com todas as suas possibilidades e revelações.

Por tudo isso, não fiz nenhuma objeção ao acordo firmado com a dona Generosa. Concordei em passar as tardes na casa da avó do João. Meu pai ao menos teve a sensibilidade de perguntar, uma segunda vez, se estava tudo bem mesmo, se eu me sentia à vontade com a combinação.

Fui enfática e garanti que estava tudo bem. Devo ter inspirado muita confiança, pois eles realmente deram o assunto por resolvido.

Depois disso, não tive coragem de voltar atrás e, até hoje, nunca contei a ninguém o que aconteceu comigo durante aquelas tardes na casa da dona Generosa.

NA CASA DA DONA GENEROSA

Passei a manhã toda pensando numa maneira de abordar João e perguntar se ele sabia que depois da aula eu iria para a casa dele. O problema é que eu nunca tinha trocado uma palavra com João. Ele era um estranho para mim, e eu não conseguia me aproximar. Quando minhas amigas me perguntaram o motivo de eu estar tão quieta, também não consegui responder. Preferi não comentar com ninguém e adiar a situação até que não tivesse mais jeito.

Ao final da aula, esperei minha mãe no portão da escola. Ela chegou pontualmente e me perguntou onde João estava. Aquilo me deixou confusa, pois até esse dia ela sempre me cumprimentava com um animado "oi, filhota!".

— Cadê o João? — ela quis saber ao abrir a porta do carro para eu entrar.

Avistei João caminhando em direção à casa da avó, quase na esquina. Apontei para a frente. Minha mãe acelerou o carro antes mesmo que eu tivesse fechado a porta do passageiro. Por um triz não bateu no carro que vinha pela esquerda.

— Desculpa, filha. Tenho uma audiência hoje à tarde.

Então ela perseguiu o garoto como se ele fosse um fugitivo. Disparou a buzinar, gritando o nome dele, com a cabeça para fora da janela do carro. João demorou para olhar, e minha mãe teve de gritar repetidas vezes, cada vez mais alto, até emparelhar com ele e mandá-lo entrar.

— Entra, Joãozinho — ela disse. — A tia vai levar vocês hoje.

João não entrou no carro. Ficou parado no meio-fio, olhando para nós duas como se fôssemos uma dupla de loucas varridas. Um carro passou por nós xingando minha mãe porque, embora o sinal estivesse verde, ela tinha parado em cima da faixa de pedestres e esperava que João entrasse.

— Entra, querido! — minha mãe insistiu.

Em seguida, ela virou para outro motorista que estava buzinando atrás e acenou com o braço, indicando que era para ele passar. João entrou no banco de trás e bateu a porta, sem dizer uma palavra.

Durante o trajeto pelos quatro quarteirões seguintes, minha mãe explicou o acordo para ele, num tom muito feliz.

— Você e a Cacá vão poder passar a tarde toda brincando de casinha — ela disse, e complementou —, né, Cacá?

Ficamos mudos.

Minha mãe seguiu tagarelando, louvando elogios à minha pessoa. Disse que João e eu ficaríamos superamigos porque eu era uma menina divertida e fofa. Pelo espelhinho retrovisor, vi os olhos de João fixados em mim, com uma mistura de ódio e pavor.

Quando chegamos ao destino, ela não saiu do carro. Deu duas buzinadinhas no estilo bi-bi e disse que voltaria depois das cinco para me buscar. Dona Generosa abriu a porta da frente, mas também não saiu para a rua. Minha mãe acenou um "oi", e dona Generosa acenou de volta. João entrou na casa sem se despedir da minha mãe. Eu fiquei parada na calçada, observando o carro se afastar e virar a esquina. Esperei mais um bi-bi para mim, mas o bi-bi não veio. Quando me virei para a casa, dona Generosa já tinha entrado. Havia largado a porta aberta. De onde eu estava, não dava para enxergar dentro. A escuridão do interior me lembrou as entranhas de uma criatura mítica. A porta era a mandíbula.

Sem alternativa, entrei.

Era uma típica casa de gente velha, com tudo bem arrumadinho e fora de moda, cheia de nichos com objetos que não combinavam entre si. Um coelho de louça, um cacho de uva composto por pedrinhas roxas, um quadro de uma paisagem campestre, um vaso de porcelana branca com flores azuis sobre um movelzinho de pernas finas e longas. Num canto da sala, uma cristaleira antiga, com aspecto delicado e periclitante. Dentro, uma coleção de xícaras de porcelana, cada uma de um modelo diferente, e pequenas tacinhas de licor. Nos braços do sofá, havia toalhinhas de crochê e, na poltrona, algumas almofadas de veludo que, em algum momento do passado, podem ter sido consideradas elegantes. Ao lado da poltrona, também havia uma cesta de palha com novelos de lã e agulhas de tricô; e ao seu lado, um encosto para os pés, com uma manta de lã dobrada e um par de pantufas encardidas em cima.

Senti um delicioso cheiro de comida e ouvi barulhos vindo da cozinha. Passei pela sala e segui por um corredor. Uma elegante escada de madeira levava ao piso superior. Ao final do corredor, avistei uma cozinha revestida com azulejos de tom amarelo-ovo e armários amarelinhos com puxadores brancos. Dona Generosa pingou um pouco de caldo de feijão na palma da mão para provar. Fez cara de quem aprovou.

— Entra, filha — ela disse, puxando uma cadeira.
— Come.

Sentei-me à mesa. Ela mandou que eu fosse lavar as mãos. Quando voltei do banheiro, havia um prato de comida em cima da mesa.

— Come. Vou chamar o João.

De novo eu me sentei à mesa e fiquei esperando que os dois voltassem para dar a primeira garfada. Havia mais comida no prato do que eu achava que daria conta de comer. Mas o cheiro estava muito bom. Arroz com feijão em cima, purê de batata e panquecas com molho de tomate. Numa travessa em cima da mesa, uma salada de cebola, sem tomate ou alface, apenas cebolas, do jeito que eu gosto. Mas os dois não voltaram e eu não soube o que fazer. Na parede adjacente à mesa, havia um calendário com a foto de dois gatinhos brancos, de olhos azuis, numa cesta de vime. Também reparei no fogão imenso de seis bocas, com panelas em cima e a geladeira de modelo antigo. Tudo na casa parecia antiquado, como se eu tivesse voltado para um passado bem longínquo. Provei um pouco do purê de batata com molho de tomate. Era melhor ainda do que eu tinha imaginado e tive de me controlar para não começar a comer antes que os donos da casa voltassem. Depois de um tempão, dona Generosa voltou sozinha.

— Não gostou da minha comida? — perguntou.

Respondi que estava esperando por ela e João para comer. Ela pegou meu prato e enfiou no micro-ondas.

— Agora vai ter que comer requentado — resmungou.

Quando perguntei por João, ela disse que ele ia almoçar na edícula. De novo, ela botou o prato na minha frente, agora fumegante.

— Come — ela disse.

Em seguida, ela montou um prato idêntico ao meu, botou numa bandeja e saiu para o quintal. Comi sozinha e, ao contrário da primeira garfada, senti que a comida tinha perdido um pouco do sabor. Depois que terminei, lavei meu prato e os talheres. Estava enxugando a louça, quando dona Generosa entrou na cozinha e arrancou o pano da minha mão.

— Não é assim que faz! — ela disse.

Pedi desculpas, sem entender o que eu tinha feito de errado.

Dona Generosa me conduziu até a sala. Num canto, havia uma escrivaninha dessas que se encontra em antiquários. Bastou uma olhada para saber que nunca tinha sido usada como escrivaninha de fato. Em cima dela, tinha uma seleção de porta-retratos. Num deles, um casal jovem e sorridente segurava um bebê. Rapidinho, dona Generosa recolheu todos os porta-retratos e puxou um banco.

— Pronto, pode estudar aqui.

Saiu e fechou a porta.

Nessa primeira tarde, estudei com concentração máxima, como não estudava havia tempo. O silêncio era absoluto. Nenhum chiado, nenhuma música, não ouvi sequer barulho de passos. Era como se eu estivesse numa casa fantasma.

Não havia televisão na sala, tampouco estantes com livros que poderiam me interessar. Havia uma bíblia, biografias de santos e um atlas. O sofá de estofado verde-musgo me pareceu tentador para uma soneca. Porém, sabia que naquele ambiente eu não conseguiria relaxar. Cheguei a pressentir que, se eu espiasse de canto de olho, corria o risco de avistar uma pessoa sentada na poltrona, e não seria uma pessoa de carne e osso. Por isso não tirei os olhos do caderno um minuto. Depois de terminada toda a lição, sem ter mais nada para fazer, abri o atlas e fiquei olhando os mapas de continentes distantes, com seus desertos, fronteiras pontilhadas e mares de nomes poéticos. Passei a tarde sentada no banquinho duro de madeira, sem coragem de sair do lugar. Quando minha mãe voltou, às seis e pouco, dona Generosa abriu a porta da sala e cantarolou:

— Sua mãe chegou...

Ela passou o braço pelo meu ombro e me acompanhou até o carro como se fôssemos boas amigas. Minha mãe não saiu do carro, apenas acenou um "oizinho". Então dona Generosa me deu um abraço inesperado. Ela apertou minha cabeça de encontro aos seus peitões, e eu fiquei sem entender nada. Estava morrendo de vontade de fazer xixi, mas, durante a tarde todinha, não tive coragem de sair da sala e descobrir onde era o banheiro. Só ali, com a cabeça pressionada contra os peitos dela, eu me perguntei por que tinha passado por aquele sufoco a tarde toda. Ela era rechonchuda e o abraço era gostoso de um jeito que me deu vontade de chorar. Em vez disso, senti o xixi escorrendo pelas minhas pernas. Nesse ponto ela me largou, acenou um "tchauzinho" para a minha mãe, entrou e fechou a porta da casa. Minha mãe chamou meu nome e eu voltei a mim. No trajeto de volta para a minha casa, quando minha mãe perguntou se eu estava sentindo um cheiro estranho no carro, respondi que não. Ela abriu os vidros, fechou os vidros, conferiu a sola dos seus sapatos e comentou que parecia cheiro de xixi. Eu me fiz de desentendida.

No segundo dia, a rotina se repetiu, com a diferença que João e eu voltamos a pé da escola. Ele disparou na minha frente, andando apressado, sem olhar para trás. Chamei seu nome, pedindo que esperasse por mim, mas ele atravessou a rua. Então eu o deixei ir na frente e segui mantendo distância. Ele estava tão desesperado para se afastar de mim que no último quarteirão tive de dar uma corridinha para não perdê-lo de vista. Mesmo assim, ele conseguiu alcançar a casa antes de mim. Apertou várias vezes a campainha feito um maluco. Quando dona Generosa abriu a porta, João passou correndo por ela. Escapou do cafuné que ela tentou fazer em seus cabelos. Da calçada, acenei um "oi". Dona Generosa não respondeu. Virou-se e foi atrás do neto, largando a mandíbula aberta para mim.

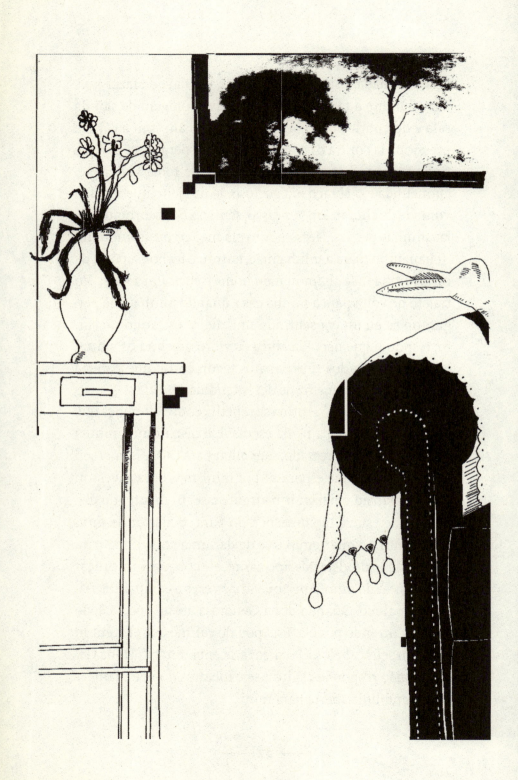

WELCOME

O tapetinho da entrada era bege e tinha a palavra "Welcome" estampada em letras pretas. Limpei os pés sabendo que eu não era bem-vinda naquela casa.

Dona Generosa colocou meu prato na mesa. Arroz, feijão, frango com molho de milho e batatas fritas. Recebi ordem para ir comendo. Quando perguntei se ela ia almoçar, ela explicou que almoçava antes de nós chegarmos da escola. Fez um segundo prato, igualzinho ao meu, colocou-o numa bandeja forrada com um pano de prato xadrez e levou para a edícula.

Nos primeiros dias, eu tentei puxar papo com dona Generosa querendo entender por que João se comportava daquele jeito. Achei que poderia ser por alguma coisa que eu tivesse dito e que o magoou, sei lá por quê. Eu não conseguia entender o que tinha feito de errado. Mas não recebi nenhuma explicação a não ser "deixa pra lá, filha" ou "não liga pra ele". Com o tempo, eu me conformei com o fato de João sumir assim que chegávamos da escola. Ele se entocava na edícula no fundo do quintal, e eu só voltava a vê-lo no dia seguinte, na aula, onde ele continuava me ignorando.

Depois do almoço, eu ia para a sala com aspecto de antiquário mal-assombrado. Dona Generosa fechava a porta e mandava eu estudar direitinho.

Eu me sentia uma estudante de pós-doutorado, sentada naquela sala austera, com móveis antigos, tendo todo o tempo do mundo para fazer umas lições de casa simples, que não tomavam mais que quarenta minutos. Na casa da dona Generosa, passei a estudar como se isso fosse a coisa mais importante da vida. Minhas notas melhoraram. Eu revisava toda a matéria da escola e me preparava para a aula do dia seguinte. Mesmo assim, ainda sobrava muito tempo. Ouvia música no meu Walkman. Eu sempre carregava duas fitas comigo: uma da Blitz e outra da Nina Hagen. Ouvindo rock, eu me sentia menos só. Nina Hagen, com seus loucos cabelos coloridos e seu jeito insano de cantar, inspirava-me a extravasar meus pensamentos. Então comecei a escrever redações pelo simples prazer de fingir que eu era uma psicanalista trabalhando numa pesquisa de distúrbios de personalidade. João era meu objeto de estudo. Um tipo estranho, ensimesmado e antissocial. Descrevendo seu comportamento, fui criando um diagnóstico. Na minha cabeça, ele logo se tornou um caso clínico. Assim eu cheguei à conclusão de que João tinha graves problemas de relacionamento e que seria a minha missão salvá-lo. Só não sabia como.

Sabia, no entanto, que enfurnada naquela sala deprimente eu não ia conseguir ajudar ninguém. Então, a cada dia fui tomando um pouquinho de coragem. Eu me perguntei o que a Nina Hagen teria feito na minha situação. Nina Hagen não ficaria ali entocada numa sala entediante. Ela tomaria uma atitude. Eu estava longe de ter a ousadia dela, mas tive o suficiente para me aventurar pelo resto da casa. Comecei a ir até a cozinha para papear um pouco com dona Generosa. Oferecia ajuda para lavar a louça, fazer um cafezinho, secar os copos, aguar as plantas. Ela sempre recusava. Não queria a minha companhia.

Se eu pegasse um pano de prato para ajudar a enxugar a louça, ela o arrancava da minha mão.

— Não é assim que faz.

E me enxotava de volta para a sala.

— Vai, vai, vai. Vai estudar, filha.

Dona Generosa tinha mil afazeres que ocupavam todo o seu tempo. Ela fazia tudo sozinha, sem assistente, sem ajuda do João e sem que o seu trabalho tivesse fim. Cuidar da casa era sua profissão e logo percebi que ela executava o serviço com competência. Vendo-a limpando a cozinha, varrendo o quintal, dobrando roupas, passando enceradeira no piso de tacos, percebi a maneira como desempenhava todas as tarefas com técnica. Para ela, havia o jeito certo de fazer cada coisa, em horários determinados, seguindo uma ordem. Dona Generosa se esmerava em cada serviço doméstico, mesmo não havendo ninguém ali para admirar o resultado, para lhe fazer um elogio ou mesmo para reconhecer seu esforço. João, isolado na edícula, certamente não reconhecia, não elogiava e tampouco admirava a avó por manter a casa limpa e impecável. Isso passou a ser um problema para mim porque, apesar da nossa diferença geracional, eu me conectava com a avó do João pelo fato de sermos mulheres. Claro que havia um abismo entre nós duas. Ela estava no fim da vida e eu, no começo. Ela pertencia a uma geração em que muitas mulheres se tornavam donas de casa e faziam disso uma profissão não remunerada. Ela era a vovó que mimava e eu era a mulher que tinha como missão fazer de João um homem consciente, maduro e prestativo.

Certa tarde, juntei meu material escolar, deixei a sala escura e me instalei na mesa da cozinha. Aproveitei a brecha, enquanto dona Generosa estendia roupas no varal. Quando ela voltou para a cozinha, eu já estava concentrada na minha lição de casa, com meu material escolar espalhado sobre a mesa. Ela não gostou. Disse para eu voltar para a sala, onde o ambiente era mais adequado para estudos. Mas eu fui firme na resposta. Respondi que a sala era escura, silenciosa demais e me dava sono. Dona Generosa ficou olhando para a minha cara, sem saber o que dizer.

— Aqui você vai me atrapalhar — ela disse.

— Não vou, não — respondi.

— E onde eu vou dobrar as roupas do João?

Dito isso, ela depositou uma cesta de roupas em cima da mesa. Uma cueca escorregou da cesta e pousou bem em cima do meu caderno. Puxei todo meu material para o canto da mesa, ocupando o menor espaço possível. Devolvi a cueca para a cesta, num gesto simples, sem afetação, apesar de ter encostado na cueca.

— Prometo que não vou atrapalhar — falei num tom de voz bem fofo.

Dona Generosa me encarou e eu mantive a cara fofa por tempo indeterminado, rezando para que surtisse efeito.

— Senhor amado — ela resmungou com uma cara azeda.

No começo, tive de fazer um tremendo esforço para que seus serviços domésticos não atrapalhassem meus estudos. Nos dias em que ela passava a enceradeira, eu colocava meus fones de ouvido e, mesmo assim, precisava contar até cem para não perder a paciência e arrancar o cabo da parede. Pior do que o barulho infernal da enceradeira trambolhuda era saber que aquele era um trabalho sem sentido. Ninguém os visitava, ninguém reparava se o piso estava lustroso ou não. Para mim, era um esforço ilógico.

E ainda tinha as meias e cuecas.

Dona Generosa sabia transformar pares de meias em rocamboles perfeitos e cuecas em envelopes padronizados. Os rocamboles e os envelopes eram postos lado a lado, bem na frente do caderno onde eu fazia minha lição de casa. Da primeira vez que isso aconteceu, fiquei um pouco constrangida em ver as cuecas do João, mas fingi que aquilo não era nada de mais. Para dona Generosa, as cuecas do neto de fato não eram nada de mais. Para ela também não havia nada de anormal em transformar pares de meias em rocamboles perfeitos. Para mim era tudo um exagero e até difícil de explicar. Dona Generosa trabalhava rápido, com movimentos ágeis e precisos. Depois recolhia as pilhas de cuecas e meias, e passava a palma da mão sobre o tampo da mesa. Dava uma batidinha com a ponta dos dedos para finalizar. Havia um cuidado estético na maneira como ela lidava com as roupas íntimas do neto e isso me comoveu. Fiquei imaginando como seria maravilhosa a sensação de abrir uma gaveta e encontrar uma seleção de cuecas e meias dobradas com tanta perfeição, caso eu usasse cuecas.

Também não pude deixar de notar no modo como dona Generosa esquentava o achocolatado na leiteira, desligando no ponto exato para evitar que o leite fervesse. Depois despejava numa caneca de louça com os dizeres "Melhor Vovó do Mundo" e salpicava canela em cima. Em seguida cortava um pedação de bolo quentinho, saído do forno, arrumava tudo numa bandeja e levava para seu neto, toda tarde, pontualmente às cinco. Da porta da cozinha, era possível avistar a edícula lá no fundo do quintal. A porta vivia fechada, e eu nem imaginava o que acontecia lá dentro. Só via dona Generosa caminhando até lá, deixando um rastro do perfume do bolo, que nunca era o mesmo. Num dia, era de chocolate com calda farta e suculenta; no outro, de fubá cremoso com queijo derretido; no outro, de fubá com recheio de goiabada. Eu me perguntava que tipo de homem João viria a ser no futuro e como eu, que mal sabia fazer pipoca sem queimar o fundo da panela, conseguiria transformar João num homem consciente, maduro e prestativo.

O JOÃO DO CORAÇÃO DE JESUS

Minha relação com João era tão esquisita que eu mal sabia como classificar. Não era meu irmão e muito menos meu amigo. Não tínhamos parentesco algum e, no entanto, morávamos juntos boa parte do tempo. Ele não era meu primo. Eu não era sua namorada. Na escola, ele fingia que não me conhecia.

Quando voltávamos para casa, ele ia na frente, apressadinho, mas sem coragem de correr por causa da asma. Eu seguia um pouco atrás, observando o jeito dele.

Comparado a mim e às minhas amigas, João parecia uma criancinha. Esse pode ser um dos motivos de ele se recusar a andar ao meu lado, porque, embora tivéssemos a mesma idade, eu era dez centímetros mais alta que ele. Além disso, meu corpo dava os primeiros sinais da puberdade chegando. Eu sentia dores na região onde, muito em breve, seriam meus seios. Ainda que fosse constrangedor usar a palavra "seios", eu sentia que eles estavam chegando e vivia pensando sobre essa novidade iminente. Em certos dias isso me incomodava, em outros me dava uma sensação de poder.

Caminhando com João, na volta da escola, eu me perguntava se deveria começar a usar sutiã ou se isso seria acelerar as coisas. Eram perguntas difíceis, com muitas implicações. Eu tinha receio de começar a usar sutiã e virar motivo de piada na escola. Por outro lado, ficava constrangida por saber que meu peito não era uma coisa discreta e lisa como antes. Havia duas protuberâncias escancaradas que meus cabelos não cobriam, por mais que eu tentasse puxá-los para a frente. No fim eu me irritava e fazia um rabo de cavalo. Era irritante constatar que João nunca teria que se preocupar com esse tipo de coisa.

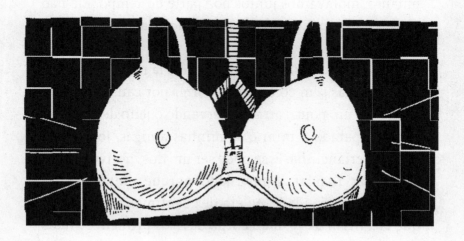

Nenhum menino teria. Dentro da minha garganta um furacão foi se formando. Ele girava, coçava, mas não saía.

~~~

De tanto em tanto, João olhava para trás para conferir se eu continuava ali. Ele apertava as alças da mochila com força e mudava de calçada enquanto eu seguia sempre em linha reta, pensando sobre sutiãs e outras questões. Eram quatro quarteirões apenas, mas João conseguia fazer daquilo um martírio. Havia dias em que eu o alcançava e o segurava pelo ombro.

– Qual o seu problema, João?

Ele não respondia.

– Eu fiz alguma coisa pra você?

No máximo, ele bufava.

– Você não precisa ser meu amigo, mas podia pelo menos ser educado.

Ele me ignorava.

– Por que você não olha pra mim, João?

Eu seguia andando ao lado dele, mantendo um olhar vidrado, só para irritá-lo. Ele ficava furioso e disparava a andar acelerado à minha frente, até a porta de casa.

Na escola, João tinha um amigo chamado Ulisses, que usava colete de tricô com listras brancas, azuis e verdes por cima da camiseta do uniforme. Cada listra tinha um palmo de largura. No fim, havia uma bordinha amarela, que não tinha nada a ver com o padrão. Parece um detalhe irrelevante, mas o fato de Ulisses usar aquele colete sobre o uniforme todos os dias, no verão e no inverno, fazia dele um menino singular, principalmente porque ele não se importava com o fato de tirarem sarro do seu nome ou do colete ou de nada.

João e Ulisses se sentavam na primeira fileira e eram os melhores alunos da classe. Só abriam a boca para responder às perguntas da professora e acertavam todas. Nunca se viravam para trás para espiar o que estava acontecendo com o resto dos alunos. Os dois não davam a mínima para as nossas bagunças, ou nossas vidas. Eles tinham mais o que fazer. Estudar.

Na hora do recreio, em vez de jogar futebol, como a maioria dos meninos, os dois ficavam num canto afastado, cada um com seu cubo mágico, cronometrando quem era mais rápido. Um sempre tentando bater o recorde do outro. As minhas amizades eram escandalosas. Todas as meninas da classe eram minhas amigas, sem favoritismo ou exclusividade. Elas eram todas iguais para mim. Eu brigava com todas elas, depois fazia as pazes, sem nem me abalar. Não havia nenhuma em quem eu confiasse cem por cento, ou para quem tivesse coragem de contar meus segredos. Nossas conversas eram sempre caóticas e entrecortadas por ataques de risada histérica. Não sei o que Ulisses e João pensavam a nosso respeito, mas imagino. Na escola, eu pouco me importava com João. Aquelas horas na companhia das minhas amigas eram valiosas demais. Eu também não falava dele para elas porque algumas já começavam a falar em namorar. Nesse ambiente, qualquer nome de garoto que a gente pronunciasse virava um namorado em potencial. João pertencia a outra categoria de menino. Ele era, no máximo, aquele colega que a gente convidava para a festa de aniversário, por obrigação.

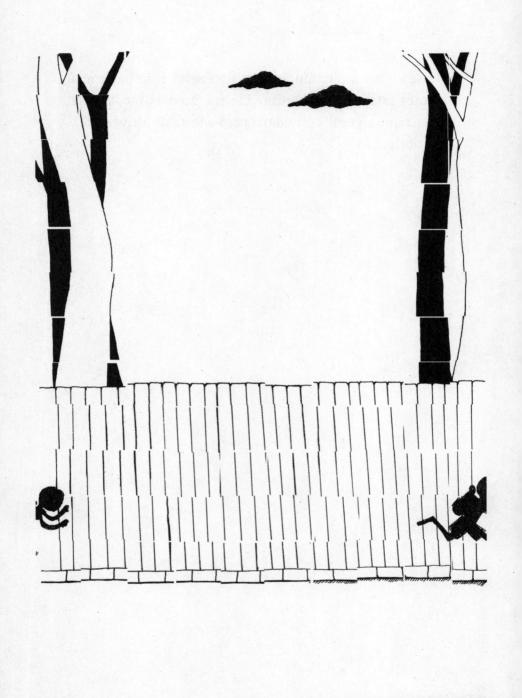

OS PEQUENOS PRAZERES DOMÉSTICOS

Foi num dia de pouca lição de casa que, sem pensar no que estava fazendo, peguei um par de meias de cima da mesa e copiei os movimentos da técnica do rocambole perfeito. Coloquei-o ao lado da fila que dona Generosa havia iniciado.

– Não é assim que faz – ela disse.

Desmanchou meu rocambole e refez do jeito certo. Catei um novo par de meias do João e tentei novamente.

– Não é assim que faz – ela tornou a dizer.

De novo, desmanchou e refez do jeito certo. Para ela, era crucial que os rocamboles ficassem do mesmo tamanho, seguindo o mesmo método. Fiz e refiz até atingir o seu padrão de qualidade.

– Não é assim que faz.

Eu fazia, ela desmanchava. Mas eu não fiquei magoada por estar sendo reprovada repetidas vezes, sem incentivo para continuar me esforçando. Eu entendia o preciosismo. A gaveta ficaria muito mais bonita com um arranjo de meias enroladinhas num mesmo padrão, como um miniexército à disposição dos pés. Enrolando os rocamboles, almejando alcançar a perfeição de anos e anos e anos de prática diária, eu pensava em minha mãe e imaginava o que ela teria a dizer sobre o que eu estava fazendo. Ela acharia um pouco ridículo perder tempo com isso, considerando que, enquanto eu fazia rocamboles com as meias de um menino que nem reconhecia minha existência, ela resolvia casos sérios no Tribunal de Justiça. Nina Hagen ia achar que eu tinha enlouquecido de vez. Ela me arrancaria daquela cozinha à força, daria uns gritos e uma bela bronca por eu estar fazendo rocambole de meias quando podia estar... sei lá, conquistando o mundo. Mas a verdade é que dona Generosa ficava comigo todas as tardes, e minha mãe, não. Nina Hagen muito menos. Daí o meu desejo de dominar a técnica do rocambole perfeito para um dia conseguir ter uma gaveta de meias impecável. Não sei se foi na décima sétima ou décima oitava tentativa que ela deu uma balançadinha de cabeça. Foi sutil. Ela não chegou a dizer um "muito bem" ou "agora, sim". Foi só uma balançadinha de cabeça mesmo, mas que rapidinho interpretei como o sinal de que eu tinha alcançado seu padrão de qualidade. Dessa vez ela não desmanchou o rocambole, e eu me senti valorizada, acreditando que naquela casa havia, sim, um lugar para mim.

Alguns dias depois, dona Generosa colocou uma pilha de roupas na minha frente. Fechei o caderno e dobrei peça por peça, numa resignação feliz. A lembrança da minha mãe de vez em quando invadia meus pensamentos. Eu ainda sentia muito orgulho dela, mas agora de um jeito oposto. Como se ela fosse a jovem esforçada e eu uma sábia anciã. Dobrando as meias e cuecas do João, eu me sentia despreocupada, como se as peças fossem folhas de origami e ao final eu tivesse uma pequena obra de arte à minha frente.

Graças a essas pequenas conquistas, certa tarde tomei coragem para dizer à dona Generosa que eu adoraria aprender a receita daquele bolo de fubá maravilhoso com recheio de goiabada que ela fazia para o João.

– Não tem receita – ela disse.

Isso só podia significar que ela fazia o bolo de cabeça. Então ofereci ajuda para fazer o bolo, assim eu aprenderia e anotaria num papel. Ao final, poderia inclusive dar uma cópia da receita para ela, já que dona Generosa não tinha por escrito. Ela não quis.

– Não uso receita.

– Mas eu posso ajudar? – perguntei.

– Não – ela respondeu.

Perguntei se ao menos podia ficar olhando enquanto ela fazia o bolo. Ficaria quieta num canto, de bico calado, sem atrapalhar.

– Não – ela respondeu.

Três dias depois, eu estava na sala, elaborando um pouco mais o diagnóstico dos distúrbios mentais do João, quando ela entrou.

— Vem fazer bolo comigo — ordenou.

Fui.

Sentei-me num canto, crente de que no máximo eu teria permissão para assistir enquanto ela trabalhava. Estava com bloquinho e caneta a postos.

— Vai ficar aí sentada? — ela perguntou.

Levantei-me e ela atirou um avental na minha direção. Acertou na minha cara. Vesti o avental. Ela disse que uma boa cozinheira não suja a cozinha. Nem quando faz bolo, torta, pão, fritura, não importa. A cozinha fica limpa antes, durante e depois do preparo dos alimentos. Peguei o bloquinho e anotei, a frase tal qual ela tinha falado, com o "antes", "durante" e "depois". Ela só olhou minha anotação e fez uma cara de reprovação.

— Não era para anotar? — perguntei.

— Escreve aí: bolo da dona Meiga.

Comentei que o nome era meigo. Ela respondeu que Meiga era o nome da mãe dela e que não tinha nada de meigo. Pedi desculpas e sugeri que usássemos o método Montessori para a transmissão do conhecimento. Ela fez uma cara de quem tinha acabado de ouvir grego. Expliquei que no Coração de Jesus todo aprendizado era bem prático, botando a mão na massa.

— Entendeu? Botando a mão na massa, literalmente — enfatizei.

Sugeri que ela se sentasse num canto e me desse as instruções para que eu fosse fazendo e ela apenas orientando. Assim eu aprenderia melhor.

— Não é assim — ela disse.

— 36 —

– Mas podemos tentar? – insisti.

– Não vai dar certo.

Ela mandou que eu colocasse no liquidificador: três ovos, uma xícara de óleo, uma xícara de leite, uma xícara de fubá, uma xícara de farinha e uma xícara de açúcar. Anotei no bloquinho conforme ela foi falando. Ela disse que depois eu ia ter que passar a limpo porque, antes de escrever as instruções, eu deveria ter escrito a lista dos ingredientes. Respondi que eu passaria a limpo e ela resmungou alguma coisa.

Quebrei o primeiro ovo na borda do liquidificador e ela se levantou da cadeira, de supetão. Mandou parar tudo.

– Não é assim que faz!

Ela enfiou a cara no liquidificador e fungou. Disse que eu tinha dado sorte porque o ovo não estava estragado. Se estivesse estragado eu ia ter que jogar fora e lavar o liquidificador para começar tudo de novo. Os ovos tinham que ser quebrados numa vasilha antes de irem para o liquidificador. Peguei uma vasilha no armário.

– Essa, não.

Peguei outra.

– Essa, também não.

De novo ela levantou da cadeira e pegou a vasilha certa para se quebrar ovos. Voltou a se sentar e eu pude continuar. Quebrei o segundo ovo dentro da vasilha, e o terceiro.

– Não é assim que faz! – ela gritou, levantando-se da cadeira, horrorizada por eu ter quebrado dois ovos na mesma vasilha.

Se o terceiro ovo estivesse estragado, ele teria caído em cima do que estava bom na vasilha, e teríamos que jogar dois ovos fora.

– Mas não estava estragado – protestei.

– Mas podia estar.

Segui adiante e peguei uma xícara. De novo, tive que devolver duas xícaras até acertar a xícara certa que servisse de medida, pois não era qualquer uma. Pensei em argumentar que todas as xícaras são xícaras, mas achei que não valia a pena. Peguei a tal xícara certa, enchi de óleo e coloquei no liquidificador. Daí coloquei a farinha e entornei a xícara de farinha.

Dona Generosa soltou um gemido, como se estivesse em dor.

– Não é assim que faz!

Não entendi o que eu tinha feito de errado. A cara da dona Generosa se contorceu numa expressão de desgosto porque agora a xícara ia ficar toda grudenta e ia ser um inferno para lavar porque o certo é primeiro despejar todos os ingredientes secos e, por último, o óleo. Perguntei se a ordem dos ingredientes mudava o gosto do bolo. Ela respondeu que a cozinha estava ficando uma bagunça. Eu falei que ia limpar tudo depois. Ela reclamou das cascas dos ovos, que eu ainda não tinha jogado fora. Eu pedi para ela se acalmar. Ela disse que eu estava fazendo tudo errado.

– Não é assim que faz – disse.

Liguei o liquidificador, só que esqueci de tampá-lo. Ela soltou um berro e correu para tampar. Mandou eu sair da cozinha antes que ela começasse a passar mal. De novo eu pedi a ela que se acalmasse porque estava dando tudo certo. Peguei uma forma e comecei a untar, pelo menos para ajudar em alguma coisa.

— Não é assim que faz — ela disse, arrancando a forma da minha mão, enquanto segurava a tampa do liquidificador.

Ela pediu de novo que eu saísse da cozinha. Dessa vez, clamando pelo amor de Deus. Arranquei o avental, larguei em cima da cadeira e desisti. Voltei para a sala, coloquei meus fones de ouvido e uma fita da Blitz, em alto e bom som, para encobrir o som do liquidificador.

Se eu estava passando por tudo aquilo, era por um motivo. Algum proveito eu teria que tirar daquela experiência. Depois desse episódio, decidi encarar aquelas tardes na casa da dona Generosa como uma oportunidade de examinar que tipo de mulher eu gostaria de ser no futuro.

UM CACHORRINHO NADA FEIO, MAS LONGE DE SER LINDO

João e eu estávamos voltando da escola, cada um numa calçada, quando vi um cachorro deitado em frente à padaria da esquina.

Fazia mais de um mês que voltávamos juntos da escola, todos os dias, caminhando em lados opostos da rua como dois estranhos. O cachorro me pareceu simpático e abandonado, e isso me deu uma ideia. Atravessei a rua correndo e agarrei João por trás, puxando-o pela gola da camiseta.

— João, tive uma ideia!

Ele me ignorou. Corri para o seu lado, mantendo-o preso pela gola.

— E se a gente pegasse um cachorro abandonado na rua e levasse pra casa?

João tentou se desvencilhar, puxando a camiseta para a frente do corpo, mas eu puxei com mais força.

— João, você ouviu o que eu disse?! – gritei.

— Minha vó não deixa – ele resmungou baixinho.

— E daí que ela não deixa? A gente leva mesmo assim! – insisti, aumentando o tom de voz.

João apertou o passo e eu o soltei por receio de sufocá-lo.

Atravessei a rua e parei ao lado do vira-lata deitado em frente à padaria. Fiz um carinho no bicho. Ele me encarou. Não era feio. Também não era lindo. Era amarelinho. Perguntei a ele se gostaria de ganhar um lar. O cachorro latiu, dando a entender que sim.

— João, ele topou! – berrei.

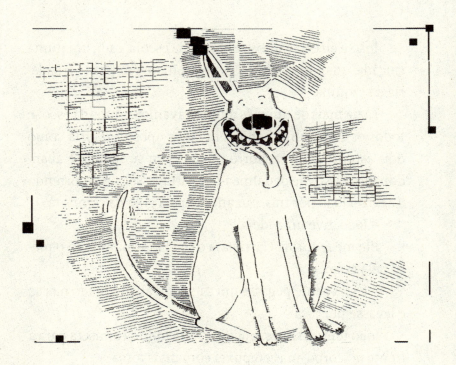

Mas João saiu correndo e então eu voltei sozinha para casa.

~~~

À noite, na casa dos meus pais, pedi uma audiência com a minha mãe. Ela estava trabalhando em processos importantes e já não conversava comigo como antes. Agora, cada conversa comigo significava uma interrupção do seu trabalho. Tendo isso em mente, fui direto ao ponto e disse que achava importante que João ganhasse um cachorro. Argumentei que ele vivia enfurnado na edícula, que não saía nem para almoçar, nem para o lanche da tarde, nada.

— Mas onde o João almoça? — ela quis saber.

Contei da edícula e, no meio da explicação, devo ter me exaltado.

— Calma, Cacá, não precisa gritar.

Ela pediu que eu explicasse melhor, sem me exaltar. Contei então que dona Generosa levava uma bandeja para lá, com o almoço, e depois ia buscar o prato vazio. O mesmo na hora do lanche da tarde. A bandeja ficava do lado de fora da edícula. Dona Generosa pegava tudo e levava de volta para a cozinha. Terminei enfatizando o fato de João sequer lavar o próprio prato e expressei minha preocupação quando pensava em que homem ele viria a ser no futuro.

— Mas um cachorro vai ajudar em quê? — ela perguntou.

Expliquei que, com um cachorro na casa, pelo menos João teria que sair da edícula para levar o bicho para passear, dar banho no animal, brincar com ele. Mas era mais que isso. Expliquei que um cachorro ajudaria o João no seu amadurecimento emocional.

Minha mãe encaminhou o caso para meu pai.

De novo, expliquei a situação, dessa vez com mais profundidade. Disse que, a meu ver, João era o bicho de estimação da dona Generosa. Dócil, obediente e domesticado. Mas, se ele tivesse um cachorro, o animal assumiria o papel da figura masculina que faltava na vida do João. Sozinho, João se sentia impotente perante a dona Generosa.

Meu pai é psicanalista. Achei que ele fosse entender.

Quando ele coçou o cavanhaque e disse que ia pensar no assunto, relaxei. "Pensar no assunto" sempre equivalia a um quase sim.

Naquela noite, já na cama, fiquei me perguntando se meu pai tinha noção do quanto as tardes na casa da dona Generosa mexiam comigo. Provavelmente não. Eu não comentava nada com eles. Ele e minha mãe achavam que eu e João passávamos nossas tardes brincando de casinha ou algo do gênero. Eles nem desconfiavam que eu tinha um furacão girando dentro de mim, bem na altura da garganta. O frustrante era que o furacão só me revirava por dentro. Na realidade, eu não saía do lugar. Depois do desastre do bolo de fubá, eu me sentia uma trouxa por ter oferecido ajuda com o serviço doméstico, enquanto João não colaborava em nada. Ao mesmo tempo, eu não queria reclamar da situação por consideração à minha mãe. Eu havia concordado com o arranjo de passar as tardes lá. Agora já tinha passado tempo demais para reclamar sobre o acordo. Além disso, a casa da dona Generosa havia se tornado minha segunda casa, e ela e João eram minha nova família, com algumas inversões de parentesco, mas com todos os conflitos de uma família de verdade.

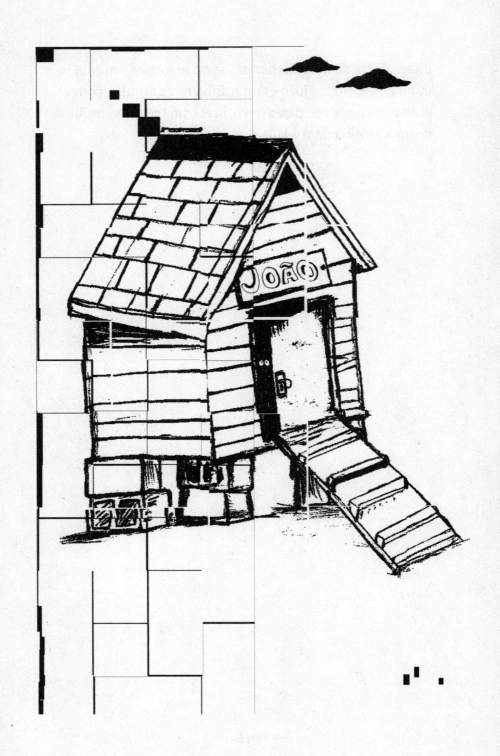

O FURACÃO NA ALTURA DA GARGANTA

Um abrigo de animais abandonados é um ambiente deprimente. Eles ficam presos em cercadinhos de tela, bebendo água em potes de margarina. O chão e as paredes são cinzentos. A maioria dos cães é feia. Alguns rosnaram para nós. Segurei na mão do meu pai.

— Gostou de algum? — ele perguntou.

— Não.

Havia mais dois grupos de pessoas caminhando entre os cães para adoção. Um casal jovem com jeito de recém-casado e um homem corcunda que não tirava as mãos dos bolsos. O casal jovem se agachava na frente de cada cercadinho e conversava com os bichos. O corcunda apenas caminhava, às vezes parava e ficava com o olhar perdido, com jeito de quem tinha esquecido o que estava fazendo ali.

Meu pai parou em frente ao cercadinho de um cachorro branco, de pelo curto e uma mancha cinza nas costas.

– Que tal esse?

O bicho sentou nas patas traseiras e abanou o rabo. Havia remela em seus olhos.

– Ele é simpático – meu pai disse, aproximando a mão da tela.

Não dava para afagar os bichos. No máximo, permitir que eles farejassem a gente. Por que João não tinha pai e mãe? Por que eu merecia ter um pai tão bacana e ele não?

– E aí, filha? Gostou?

Eu tinha dúvidas se eu merecia um pai assim. Talvez João merecesse mais que eu. Se o mundo fosse justo, meu pai iria para a casa do João, o Cachorro Branco Simpático poderia ser o novo companheiro da minha mãe e eu ficaria no cercadinho.

– Gostei – menti.

– Vamos levá-lo? – meu pai perguntou.

– Pode ser.

– Quer pensar melhor? Dar mais uma volta?

– Não – menti com mais convicção.

– Vamos lá fora conversar – meu pai me pegou pela mão.

Em frente ao abrigo, havia um banco de madeira, onde nos sentamos.

– O que está acontecendo com você, Cacá? – ele perguntou.

Tentei encontrar um jeito simples de responder. Meu pai alisou sua calça jeans na região dos joelhos. Fez um movimento circular com as mãos. Virou a cabeça para mim e deu um sorriso que sempre vinha acompanhado de um olhar específico que ele reservava para mim. Era o olhar que trocávamos quando, por exemplo, minha mãe disparava a falar e nós pensávamos a mesma coisa a respeito do que ela dizia, embora não tivéssemos coragem de verbalizar. Só que dessa vez não pensávamos o mesmo. Ele enxergava a filha passando por um momento esquisito. Eu enxergava meu pai sentado num banco, esperando pacientemente por uma palavrinha minha. Ele só queria me ajudar. Da minha parte, era só responder à pergunta. Dito assim, parece simples.

Em vez de responder, caí no choro.

Meu pai apoiou minha cabeça no seu ombro e não disse mais nada.

Quando o choro acabou, eu me levantei e fui até o cercadinho do cachorrinho branco com a mancha cinza nas costas. Ele parecia animado com a perspectiva de ir embora com a gente. Abanou o rabo.

Ao sair do cercadinho, recebeu afagos do meu pai e correspondeu de um jeito simpático. Era bonzinho. Deixou o abrigo sem olhar para trás. Acomodou-se no banco do nosso carro e botou a cabeça para fora da janela, esperançoso com o que o destino reservava para ele. Devia estar imaginando que dali em diante seria meu irmão e filho do meu pai. Coitado.

— Cacá, você entende que nós não vamos dar o cachorro pro João como se fosse um presente, né? Eles têm a opção de recusar.

— Eu sei, pai...

— Porque é uma responsabilidade enorme ter um bicho de estimação, e... falo por mim, se uma colega de trabalho batesse na minha porta num sábado de manhã, com um cachorro, eu ia recusar. Então esteja preparada para essa possibilidade também.

Tive que me controlar para não começar a chorar de novo e assustar o coitado do cachorro.

Quando enfim chegamos à casa da dona Generosa, tudo me pareceu diferente de um jeito multiplicado, diferente elevado à potência máxima. Era sábado, eu não estava de uniforme, vinha acompanhada do meu pai, e não da minha mãe; e trazendo um presente vivo.

— Vamos lá? — meu pai perguntou, enquanto tirava o cachorro do carro.

Ele tocou a campainha. Eu fiquei plantada ao seu lado, sentindo-me uma destrambelhada sem possibilidade de voltar atrás. De repente a ideia de dar um cachorro de presente para o João perdeu todo o sentido e eu me perguntava por que meu pai estava fazendo aquilo comigo. Ele não poderia ter simplesmente dito *não*, como qualquer pai normal?

Enquanto esperávamos alguém da minha segunda família abrir a porta, meu pai biológico fez um carinho no meu ombro, num gesto de "coragem, filha", quando tudo que eu mais queria era voltar para o carro e pisar no acelerador. O cachorro seguia animado, como qualquer cachorro sem noção. Dona Generosa abriu a porta e encarou o trio: eu, meu pai e o cachorro.

—— 50 ——

– Oi!!! – ela disse na entonação de três pontos de exclamação.

– Que surpresa – acrescentou.

Surpresa era pouco. Ela estava chocada.

– Querem entrar? – ela perguntou mais por susto do que outra coisa.

Meu pai agradeceu e deu uma risada sem graça. Eu também dei uma segunda risada totalmente sem graça e dona Generosa riu de desespero. O cachorro era o único achando aquilo superdivertido. Nós fingíamos feito três atores num filme ruim.

– Fala você, filhota – meu pai disse para mim. Não era uma pergunta. Era para eu falar o que estávamos fazendo ali, àquela hora, com aquele animal.

Feito uma bocó, fiz que não, com a cabeça. A cada minuto parecia que eu regredia um ano de idade mental e física. Eu parecia uma criancinha. Só faltava chupar o dedo e me enfiar atrás das pernas do meu pai.

– Fala, filha! – ele insistiu.

Dona Generosa me encarou fingindo uma cara simpática. O fingimento era tão descarado que me deu calafrios. Regredi mais um par de anos até voltar a ser um bebê. Eu não ia abrir a boca, nem que me pagassem. O furacão na altura da garganta voltou a girar. Meu pai percebeu e se pôs a falar. Lembro mais ou menos do que ele disse. Não tinha nada a ver com a verdadeira explicação de por que eu achava que seria bom para João ter um cachorro. A explicação dele era outra, que eu não consegui acompanhar direito. Ele foi falando e eu só olhava para dentro da casa.

João estava parado no corredor escuro, acompanhando a conversa. Ele me encarou com uma expressão neutra. Não com o desprezo normal do dia a dia na escola, nem com o ódio de quando o agarrei pela gola do uniforme no meio da rua. Ele me encarou com o olhar de uma pessoa madura que já deixou as instabilidades da pré-adolescência para trás e chegou a um lugar seguro. Eu o admirei por conseguir manter esse tipo de olhar por tanto tempo. Pela primeira vez, tive a impressão de que, talvez, a casa da dona Generosa fosse um ambiente legal para se viver, bastava que eu não estivesse por lá.

Dona Generosa fez um afago na cabeça do cachorro e ele lambeu a mão dela. Em reação, ela limpou a mão na lateral do vestido. João se aproximou. Ela o apresentou ao meu pai.

— Oi, Cássia — João disse para mim.

— Oi — eu respondi feito um robô.

Era a primeira vez que eu ouvia João pronunciar meu nome. Era a primeira vez que João reconhecia minha existência e falava comigo. Quis puxar meu pai pelo braço e entrar correndo no carro para colocar um fim naquela farsa. Em vez disso, continuei ali plantada, sem palavras, enquanto dona Generosa apresentou o cachorro para o neto. Não pude acreditar quando João se agachou na frente do bicho, fez um cafuné em suas orelhas e pediu para ele dar a pata. O cachorro deu a pata. João e ele trocaram um aperto de mão e pata.

— Você quer vir morar aqui com a gente, amiguinho? — João disse. Daí ele ergueu a cabeça e deu uma piscadinha para meu pai.

Meu pai piscou de volta. De repente os dois eram cúmplices. O cachorro deu a entender que sim, ele supertopava entrar para a família.

João abraçou o cachorro, que abanou o rabo, feliz e contente. Daí João se levantou e apertou a mão do meu pai, simulando ser um garoto maduro, educado e gente boa. Dona Generosa agradeceu. Todos ali se comportavam da maneira mais cordial possível, menos eu, que segui paralisada o tempo todo, me perguntando como aquilo podia estar acontecendo.

A nova família entrou, fechou a porta, e meu pai e eu voltamos para o carro. Chegando em casa, eu me joguei na minha cama, mas o furacão não saiu da minha garganta, nem em forma de choro, de urro, de soluço, de vômito, de arroto, de nada. Ficou preso, girando na altura da laringe, impedindo a entrada de ar e a saída da indignação.

FLOCO

Na segunda-feira, no caminho de volta da escola, em vez de disparar a andar na minha frente, buscando manter o máximo de distância de mim, João caminhou ao meu lado. Isso me surpreendeu.

— Vocês já deram um nome pro cachorro? – perguntei.

— Não.

— Tem alguma ideia? Quer uma sugestão?

— Não.

— Acho que ele tem cara de Floco. Como ele está?

João meteu as mãos nos bolsos. Endireitou os ombros.

— Não está – respondeu com uma atitude que me pareceu suspeita.

João estava diferente, com uma postura mais confiante, queixo erguido, ombros para trás. Mais homem.

— Ele morreu? – perguntei.

– Sumiu.

– Floco fugiu?! Como? Quando?

– Não sabemos.

– E vocês não foram procurar? Duvido que fugiu. Cadê o Floco? O que a sua vó fez com ele?

– Ele sumiu, tá bom?

João apertou o passo e me largou para trás, dando o assunto por encerrado.

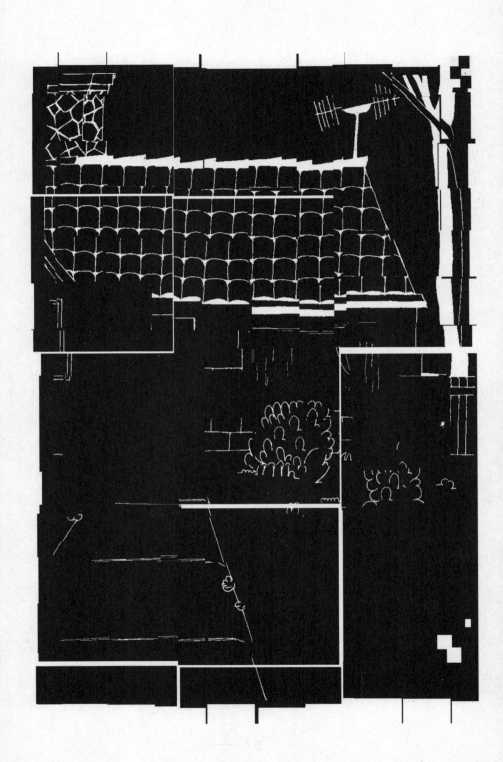

A ESPIGA DE MILHO
COMO UM FATOR
DE MUDANÇA

Depois desse dia, cismei que dona Generosa era bruxa. Uma espécie diferente das bruxas dos contos de fada. Quando digo "bruxa", eu me refiro à sua natureza mais íntima. Naquele lugarzinho protegido, ela era pura maldade.

Perguntei por Floco, não uma ou duas vezes, mas a cada cinco minutos, desesperada por uma explicação minimamente decente. A resposta era sempre a mesma. O cachorro tinha sumido. Só isso, não importa quantas vezes eu perguntasse, a resposta não mudava, nem melhorava. Logo concluí que dona Generosa e João haviam feito um pacto. Eles não iam me contar a verdade sobre Floco, e a explicação de que ele tinha sumido, e que eles não tinham feito nada a respeito, era ridícula.

No carro, a caminho da casa da dona Generosa, eu havia trocado olhares profundos com o Floco. Ele era um cachorro inteligente e de bom coração que estava à procura de um lar e, mesmo que a casa da dona Generosa não fosse o lar mais acolhedor do mundo, era mil vezes melhor que o abrigo onde ele estava. Mas depois de tanta insistência e nenhuma explicação, eu tive de me resignar a deixar o assunto de lado.

A essa altura, eu já tinha entendido que minha ajuda não resultaria na diminuição do serviço doméstico, ao contrário do que eu havia imaginado. Na casa da dona Generosa, o serviço doméstico surgia do nada. Nesse dia, surgiu um saco de espigas de milho. Dona Generosa passou a tarde debulhando espigas, muito tranquila, sem o menor peso na consciência. Na semana anterior tinha sido o saco de mandioca para fazer farinha. Cada mandioca do tamanho de um tronco. Às vezes alguém tinha a brilhante ideia de trazer café da fazenda. Não o pó, mas os galhos da árvore. Dona Generosa arrancava o troço do galho e trabalhava a partir daí, executando o processo todo. Da árvore ao pó, manualmente. Até banha de porco entrava naquela casa. Pedaços de bacalhau chegavam fedendo, duros, brancos e cascudos. Ela acolhia tudo que chegava. Bacalhau, espiga, mandioca, galho de árvore, pedaço de cana, pinhão. Era o festival da matéria-prima. Na cozinha dela não havia ingredientes amigáveis, que você pudesse enfiar na boca e comer. Tudo tinha de passar por um longo e trabalhoso processo artesanal.

Debulhando as espigas de milho, eu me dei conta de que estava vivendo uma versão contemporânea da história de João e Maria. Com a diferença que eu estava trabalhando para a bruxa má, como sua assistente de cozinha. Foi nesse momento que larguei a espiga de milho para atender à campainha.

— Aonde você vai? — ela perguntou.

Lavei as mãos e expliquei que estava esperando uma visita.

— Que visita? — ela perguntou, espantada.

— É um assunto particular — respondi.

— Hã?

— Com licença — eu disse.

Dona Generosa fez cara de quem não estava entendendo nada.

— Mas eu não ouvi campainha nenhuma! — ela disse, ultrapassando-me no corredor.

Dona Generosa abriu a porta, deu um passo para fora, olhou para um lado e para o outro e tornou a fechá-la. Antes de voltar à cozinha, resmungou algo que não entendi e que também não vem ao caso, pois quando a campainha voltou a tocar, dois minutos depois, e eu abri a porta, havia um senhor de terno parado sobre a palavra "Welcome".

Ele era alto e tinha uma vasta cabeleira branca. Usava colete xadrez em tons de branco, azul e verde sob o terno cinza. Era elegante, num estilo antigo, mas elegante mesmo assim. Ele me cumprimentou com um aceno de cabeça.

— Boa tarde, senhorita Cássia. É uma honra conhecê-la.

Trocamos um forte aperto de mão e eu dei um passo para o lado, sinalizando a ele que entrasse.

Seu nome era Ulisses. Alguns dias antes, ele havia me telefonado, dizendo que precisava conversar comigo sobre um assunto de urgência máxima. Pedi que me aguardasse na sala da frente e voltei rapidinho à cozinha para preparar um chá. Aproveitei e montei uma bandeja no mesmo estilo que dona Generosa fazia para João. Forrei com um pano de cozinha dobrado ao meio e acrescentei um pires com biscoitinhos de nata.

— O que você está fazendo? — dona Generosa perguntou.

— Tenho visita.

— Que tipo de visita? — ela quis saber.

— Não sei, ele ainda não explicou o assunto. Só disse que é urgente.

— Qual o nome dele?

— Ulisses.

— O amigo do João? — ela perguntou.

— Não, é outro Ulisses. O meu advogado.

Dona Generosa foi até a sala. Aproveitei para pegar mais biscoitos de nata e um pote de geleia. Voltei para a sala e servi o chá para o doutor Ulisses, ignorando a presença da dona Generosa. Sentei-me à frente dele, enquanto ela ficou parada no meio da sala, olhando para a minha cara, com os olhos arregalados.

– A senhora gostaria de se juntar a nós? – perguntei. – Vamos falar de negócios, mas se a senhora quiser...

Ela soltou um "Senhor amado" e saiu andando. Pedi desculpas ao doutor Ulisses pela falta de educação dela. Ele disse que tudo bem. Estava acostumado.

– Quando o assunto é dinheiro, as pessoas têm as reações mais imprevisíveis – ele disse com uma risadinha.

Então o assunto era dinheiro. Isso era bom. Para disfarçar minha surpresa, dei uma risada parecida com a dele na intenção de mostrar que eu entendia perfeitamente o que ele queria dizer.

– Quer dizer que vamos falar sobre dinheiro?

– Muito dinheiro – ele respondeu com um brilho nos olhos.

Fiquei um pouco apreensiva. Ele limpou a garganta, endireitou-se e, numa atitude de quem está prestes a fazer um anúncio importante, disse:

– Senhorita Cássia, parabéns. A senhorita acaba de receber uma herança milionária.

Engasguei com o chá. Cuspi um pouco de biscoito e me recompus. Ele prosseguiu.

– Lembra-se do seu velho tio-avô Germano Goldberg?

Eu não lembrava, mas fiz que sim com a cabeça.

– Ele morreu, e a senhorita é a única herdeira.

Tomei um gole do chá para ganhar tempo e pensar no que dizer. A expressão "herança milionária" ecoava nos meus pensamentos. Alinhei a coluna e cruzei as pernas de um jeito condizente com a postura de uma herdeira milionária. A surpresa inicial rapidamente foi substituída por aceitação total, como se, em algum nível inconsciente, eu soubesse que era mesmo uma questão de tempo para uma herança milionária cruzar o meu caminho. Do lado de fora da sala, ouvi o barulho infernal da enceradeira vindo na direção da sala, invadindo nossa reunião com seu estardalhaço. Ignorei e me concentrei no que importava.

— E isso é bom? — perguntei.

Doutor Ulisses cruzou as pernas de um jeito bem relaxado.

— Se é bom...?

Ele abriu um sorrisinho.

— Senhorita Cássia, eu vou lhe explicar com todas as letras. A senhorita é a herdeira universal do tio Germano Goldberg. Isso significa que é tudo seu. Esta casa, as empresas, a usina, as ilhas e todos os outros bens do falecido.

— Esta casa é minha?! — perguntei espantada.

— Sim, a casa e tudo o que ela contém.

— Até o João?

— Sim, ele é seu marido.

— João é meu marido?!

— Claro que sim.

— Então a dona Generosa é minha sogra?!

— Não, o caso dela é diferente. Ela faz parte do inventário.

Por um momento, não soube o que pensar. Mas isso logo passou, pois em seguida me ocorreu perguntar sobre valores.

— E de quanto dinheiro estamos falando?

— Mais do que a senhorita poderia sonhar.

Pedi uma cifra aproximada. Doutor Ulisses me entregou um envelope pardo, fechado com uma cordinha enrolada numa esfera metálica. Abri. Dentro, havia uma pasta de capa branca com o testamento. Tive de ler e reler três vezes antes de processar o valor. Era muito mais do que eu poderia sonhar até nos meus sonhos mais delirantes.

MILIONÁRIA
E GENEROSA

Não contei nada aos meus pais, nem para minhas amigas da escola. Doutor Ulisses havia me orientado nesse sentido. Ele disse que, se eu não quisesse me frustrar, era melhor não contar, pois ninguém acreditaria. Então, nos dias seguintes, eu continuei me comportando como se fosse uma garota normal que ainda precisava estudar para ter um futuro, embora o meu já estivesse garantido. Minhas amigas não notaram nada de diferente. Disfarcei meu novo estado de espírito e fingi que ainda me interessava pelos mesmos assuntos que elas. Na escola, desenvolvi um novo olhar para as matérias que vínhamos estudando. Como herdeira e milionária, eu precisava me tornar uma mulher culta e inteligente. História, Geografia e Filosofia ganharam uma importância inédita, considerando o tanto que eu pretendia viajar ao redor do mundo. As aulas de Matemática tornaram-se as minhas favoritas porque em breve eu teria que lidar com números gordos e polpudos.

Também fiquei mais carinhosa com meus pais, que sempre trabalharam para me sustentar e continuavam acreditando na importância do trabalho deles. Não tive coragem de informar que podiam largar tudo aquilo e entrar em férias eternas. Isso os deixaria desorientados e eles voltariam toda a atenção para mim. Por isso, achei melhor que continuassem com seus empregos, pelo menos por alguns meses. Minha mãe seguia bastante animada com sua carreira, mesmo sem tempo para a família, e também não notou nada de diferente em mim. Meu pai, sim. Ele comentou que eu parecia mais madura. Disse que estava orgulhoso de mim. Eu apenas agradeci, sem sentir que deveria entrar em detalhes sobre os motivos do meu amadurecimento súbito.

Mas, para a minha outra família, eu teria de contar.

Não foi fácil. Por três dias, no caminho de volta da escola, eu insisti com João para que ele se sentasse comigo e com dona Generosa, para que eu lhes contasse a novidade. Ele não me deu a mínima atenção, mesmo quando argumentei que era algo que o afetava diretamente.

— Me deixa — ele resmungou.

— João, é uma coisa boa. Você pode até gostar.

— Não me interessa — ele resmungou, mudando de calçada.

Se fosse umas semanas antes, eu o teria puxado pela gola do uniforme. Não mais. Como herdeira milionária, apenas dei um sorrisinho ao estilo do doutor Ulisses e deixei João de lado. Ele estranhou. Do outro lado da rua, ele olhou para trás, para conferir se eu ia disparar a correr atrás dele. Não corri. Dei de ombros, num gesto de *tanto faz*. Se ele continuasse a se comportar daquele jeito, depois era só pedir um divórcio e pronto. Eu ainda era jovem. Estava disposta a resolver uma questão por vez, sem atropelo, com muita prudência.

Com dona Generosa foi um pouco mais fácil. Eu a peguei na cozinha, enquanto ela desfiava um frango e eu ralava cenouras. Cinco dias haviam se passado desde a primeira visita do doutor Ulisses, e eu falava com ele todos os dias por telefone. Já estava com todas as informações para compartilhar a novidade sem que soasse como um delírio total. Eu já sabia a fonte da fortuna do tio Germano Goldberg, a natureza dos investimentos financeiros, a relação de bens e os empreendimentos.

Pedi que ela deixasse o frango de lado e se sentasse para ouvir com atenção. Dona Generosa resmungou porque o frango desfiado era para uma salada de salpicão que ela precisava levar para o tal do Bazar da Pechincha da igreja, naquela noite. Pedi que ela esquecesse o Bazar da Pechincha por alguns instantes, pois o que eu tinha para contar era muito mais importante. De novo, ela resmungou e pegou o frango de volta.

— Que é? Fala logo — ela disse num tom bem ríspido, mas eu respondi com classe.

Contei que havia recebido uma notícia que mudaria nossas vidas para sempre. Ela ergueu as sobrancelhas como se nada que viesse de mim pudesse ter qualquer impacto na vida dela, e muito menos para sempre. Pensei em contar a verdade toda, mas não encontrei coragem para dizer que a casa agora era minha por lei. Em vez disso, perguntei se ela se lembrava do doutor Ulisses, meu advogado, que tinha me visitado na semana anterior.

— Aquele que veio me visitar na semana passada... Eu levei um chá com biscoitos pra ele. Lembra?

— Ah, tá.

— Naquele dia, ele veio comunicar que eu recebi uma herança milionária.

— Ah, que beleza, hein?

— Sim, eu estou muito feliz e preciso dizer que a senhora é parte da herança.

— Arrã.

Dona Generosa pegou um pedaço de salsão e botou em cima da tábua. Afiou uma faca no amolador.

— Vai estudar, filha.

Respondi que já tinha estudado tudo que tinha que estudar. Agora só precisava administrar algumas questões financeiras e ter aquela conversa com ela. Terminei dizendo que achava que havia chegado sua hora de se aposentar.

— E eu acho que está na hora de você ir estudar.

— A senhora ainda pode ter uma vida.

— Eu tenho uma vida!

— A senhora pode fazer um cruzeiro de navio.

— Detesto mar.

— A senhora pode fazer uma viagem de trem pelos Alpes Suíços.

— Não gosto.

Seus movimentos foram ficando mais bruscos conforme ela picava o salsão. Notei que aquela conversa a irritava.

— A senhora não tem sonhos, dona Generosa? — perguntei.

Ela me olhou de canto de olho e bufou. Repeti a pergunta.

— Senhor amado! — ela respondeu.

Comentei como achava triste uma pessoa sem sonhos.

— Eu tenho serviço pra fazer — ela retrucou. — Preciso passar enceradeira antes de sair.

— Na verdade, não. Não mais. Eu estou lhe oferecendo um fabuloso plano de aposentadoria. A senhora nunca mais vai precisar desfiar um frango, lavar uma cueca, passar enceradeira. A senhora pode passar o tempo viajando para onde quiser. Paris, Barcelona, Tóquio.

Dona Generosa deixou a faca de lado, secou as mãos no avental e me encarou.

— Isso só pode ser uma brincadeira de mau gosto.

Não deixei por menos.

— Lamento, dona Generosa, mas não é brincadeira. Essa é a verdade pura e eu gostaria que a senhora me tratasse com mais respeito, considerando que agora sou sua chefe.

A conversa acabou aí. Ela recolheu meu material escolar espalhado em cima da mesa da cozinha, socou tudo dentro da mochila e me enxotou para a sala. Bateu a porta e virou a chave. Só me soltou quando minha mãe chegou, às seis da tarde. Aproveitou para pedir uma carona para o tal Bazar da Pechincha. Foi no banco da frente, com o pote com a salada de salpicão com frango desfiado no colo. Minha mãe comentou que o cheiro estava uma delícia e dona Generosa agradeceu com uma falsa modéstia. Pelo espelho retrovisor, deu um sorrisinho vitorioso.

O MARIDO

Dona Generosa deve ter comentado nossa conversa com João porque, no dia seguinte, voltando da escola, ele emparelhou comigo.

– Nós precisamos conversar – disse.

Dessa vez, fui eu quem o ignorou pelo gostinho de retribuir todas as vezes em que ele havia me ignorado.

– Você me ouviu, Cássia? – ele perguntou.

João estava com a mesma atitude de homem maduro que fingiu ter no dia em que meu pai bateu à porta da nossa casa, no sábado de manhã, quando trouxemos Floco.

– Eu sempre ouço – respondi num tom igualmente maduro.

João me encarou. Parou de andar e encostou as costas contra um muro. Dobrou um joelho e cruzou os braços, numa pose que o deixou com um aspecto de mais velho.

— Minha vó disse que você é arrogante e prepotente – João falou.

— Ela também é.

— Não fala assim da minha avó.

Nessa hora eu pensei em lhe contar tudo, que ele era meu marido e que a vó dele fazia parte do inventário do tio Germano Goldberg. Quis lhe dizer o quanto era difícil para mim ter que administrar nossa fortuna sozinha, sem a ajuda dele.

— Por que você vive enfurnado na edícula? – perguntei. – O que você faz lá dentro?

— Não interessa. Não é disso que estamos falando.

Mas eu sabia que João não estava sozinho. Nessa época, muitos outros gênios da tecnologia viviam enfurnados em porões imundos da Califórnia, enforcando aula na faculdade e preparando a maior revolução tecnológica de todos os tempos. João não era diferente. Eu desconfiava que em breve ele também seria reconhecido como um dos grandes gênios da tecnologia. Eu até podia entender sua necessidade de ficar isolado e incomunicável. Só queria que ele fosse honesto comigo.

— Melhor não. Se eu contar, você não vai me levar a sério – eu disse.

— Tenta – João me desafiou.

Por um instante eu me vi dizendo as palavras que definiriam nosso relacionamento.

— Fala! – ele insistiu.

Era ridículo demais ter que informá-lo de que ele era meu marido. Mulher nenhuma deveria ter que chegar a esse ponto.

– Fala, Cássia! Você não vive querendo falar comigo!? Agora fala.

Achei o tom dele superagressivo e saí andando. João foi atrás de mim. Eu corri. Ele gritou para eu voltar. Corri mais rápido e esmurrei a porta da nossa casa. Nesse dia, eu me tranquei na sala e não almocei.

Uma hora depois, dona Generosa veio trazer uma bandeja para mim, igualzinho fazia com João. Isso me deixou com o coração partido. Achei tão triste que ela não tivesse com quem almoçar. Pensei em ligar para o doutor Ulisses e pedir a ele que se casasse com ela. Em vez disso, aceitei comer o almoço frio, só para não fazer desfeita.

Depois, juntei-me à dona Generosa na cozinha. Sentia-me melancólica. Achava que, como herdeira milionária, eu nunca mais fosse sentir tristeza. Doce ilusão. Apesar de toda a fortuna que tínhamos no banco, dona Generosa continuava dobrando as cuecas do João, eu e ele continuávamos fugindo um do outro no meio da rua, e agora eu comia comida fria na bandeja, sem ter uma pessoa no mundo com quem pudesse falar sobre meus sentimentos.

Só havia um jeito de chamar sua atenção. Arranquei o cabo do ferro da parede.

— Não quero mais que a senhora passe as cuecas do João. Assim ele fica mal-acostumado.

Ela não respondeu nada. Só espetou o fio de volta na tomada.

— Ele já é um homem! E a senhora sabe que nós somos casados, né? — perguntei.

— Sei.

— Então!

— Então o quê? — ela perguntou.

— Então que eu me sinto infeliz nesse casamento. Ele foi mimado a vida toda e agora virou um marido ausente que não sai da edícula.

— Vocês estão casados há quantos anos? — dona Generosa perguntou.

— Sete.

— Hum....

— Hum o quê?

— Sete anos.... hum....

Tive que insistir um tanto para entender qual o problema de estar casada há sete anos.

– Você nunca ouviu falar da crise dos sete anos? – dona Generosa perguntou, num tom maldoso.

– Não.

– Por que vocês não têm filhos?

A pergunta me pegou de surpresa. Gaguejei e não consegui dar uma explicação. Por que nós não tínhamos filhos?

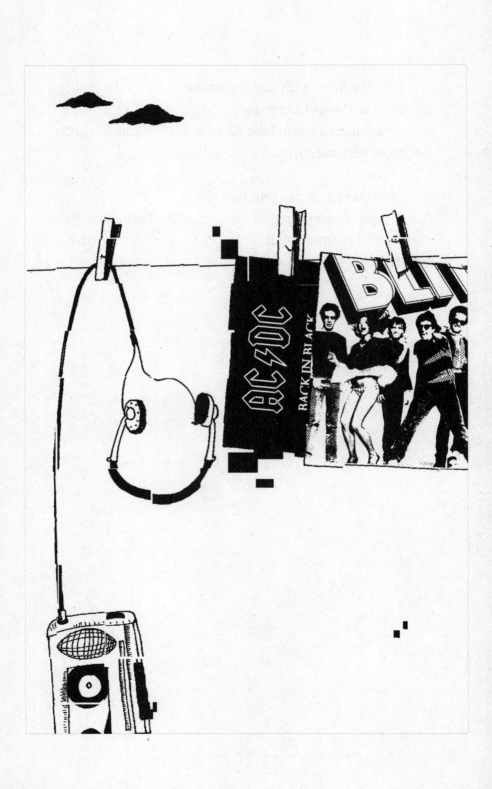

O FILHO

Aquele "hum" não saiu da minha cabeça, por isso resolvi que teríamos um filho. Filhos unem os casais. A casa ficaria mais alegre, João se sentiria motivado a deixar a edícula, levaria o menino para andar de bicicleta, passaria a praticar atividades físicas, todos ficariam felizes. Dona Generosa me ajudaria a cuidar do bebê quando eu precisasse. Seria lindo.

Resolvi também que eu seria uma mãe moderna e desapegada. Nada de ficar no pé da criança, nada de excesso de proteção ou mimos. Talvez eu delegasse todos os cuidados para o pai. Mas, antes de qualquer coisa, eu teria que conversar com João. Esperei até o momento em que dona Generosa ligava o liquidificador para fazer o bolinho da tarde. Atravessei a cozinha de fininho. O barulho do liquidificador era ensurdecedor, e ela nem me ouviu passando. Escapuli rumo à edícula.

Eu nunca tinha me aproximado da edícula antes. Não fazia ideia do que ia encontrar lá dentro. Por isso, quando espiei por uma fresta do vitrô, imaginei mil coisas, mas jamais que fosse flagrar João com Floco no colo!

Os dois estavam sentados no chão. João, com as costas apoiadas na cama, afagando a nuca do Floco enquanto lia um gibi. Floco, com a barriga para cima e as patinhas dobradas no ar, parecia estar no paraíso. João, compenetrado no seu gibi, tinha uma feição feliz. Os dois desfrutavam de um momento de carinho e aconchego.

Escancarei a porta.

João se levantou num pulo. Empurrou Floco para trás dele, num movimento patético, como se ainda fosse possível esconder o cachorro de mim.

Fechei a porta atrás de mim e entrei na edícula.

— Sai daqui! — João gritou, segurando Floco pela coleira.

Agora Floco tinha uma coleira vermelha com uma plaquinha metálica. Ele abanou o rabo ao me ver. Talvez se lembrasse de mim. Estava com uma carinha contente e ingênua. Carinha de quem nem suspeitava das coisas que passavam pela minha cabeça. Pobre Floco... Ele não poderia saber que a visão dele significava uma traição imperdoável para mim. E por isso não pude demonstrar alegria alguma em reencontrá-lo.

— Você mentiu pra mim — eu disse.

— Não menti — João respondeu com uma cara de esperto.

— Mas você disse que Floco tinha fugido!

— Não, eu disse que ele tinha *sumido* e você concluiu que ele tinha fugido.

— Mas ele não sumiu! Ele está bem aqui na minha frente! – gritei.

— Porque você entrou onde não era pra entrar. Senão ele teria sumido da sua vista! – ele respondeu, mantendo sua nova cara de espertinho.

Essa cara era novidade para mim. Não sabia que João podia ser esperto. De repente ele me pareceu bonito. Fiquei incomodada. Ele sorriu. Isso o deixou mais bonito ainda.

— Isso é muito cruel – eu disse.

Por dentro, a edícula era bem mais bacana do que eu imaginava. Era como um quarto de adolescente de verdade. Havia uma bandeira preta de navio pirata pendurada na parede, um sofá e uma poltrona velha que parecia confortável. Alguns almofadões no chão, cartazes de bandas de rock. AC/DC, Iron Maiden, Whitesnake. Uma prateleira inteirinha de gibis, tudo superorganizado. Havia discos de vinil e uma vitrola antiga num canto, que me deu muita vontade de conferir. Também tinha um esqueleto igualzinho ao do laboratório de Ciências. Estava de gravata listrada e chapéu de feltro com uma flor na aba. Tinha até uma televisão.

— Você não podia ter feito uma coisa dessas. Ele é meu filho também.

— Mas eu fiz.

Fui até Floco e o abracei, segurando uma súbita vontade de chorar.

— Você me traiu! – gritei para o João.

— Para. Não começa – ele respondeu sem se alterar.

— Não começa o quê?! – gritei.

– Essa brincadeira ridícula. Eu não sou seu marido, você não mora aqui.

– Você está se referindo ao nosso casamento? À nossa família? Então pra você a nossa relação não passa de uma brincadeira!? Você acha o quê? Que eu estou *brincando de casinha*?

João ficou olhando para mim. Sacudiu a cabeça e me olhou com uma cara séria que deu um pouco de medo.

– É isso mesmo que eu acho. Uma brincadeira de casinha idiota que não tem a menor graça.

João tentou sair, mas eu o empurrei e ele caiu sentado na cama.

– Tudo bem, então – eu disse. – Vamos conversar como pessoas adultas. Por que você não gosta de mim? – perguntei.

João virou os olhos e bufou. Esperei. Ele cruzou os braços. Fechou a cara. Eu só ia sair dali depois que ele me dissesse tudo o que sentia por mim.

Havia várias outras perguntas que eu gostaria de fazer. Como ele conseguiu manter Floco escondido na edícula sem que eu percebesse? Como conseguiu fazer com que Floco ficasse quieto? Por que escondê-lo de mim?

– Isso não tem nada a ver com você – João disse, de repente.

– Mas ele é meu filho também! Como não tem nada a ver?

De novo, eu me agarrei ao pescoço do Floco. Ele estava perfumado, com o pelo macio, e acho que até mais gordinho. Aquilo doeu. João então enfiou os dedos por baixo da coleira e puxou Floco para si. Eu o puxei de volta. Ele catou nosso filho nos braços e o arrancou à força, depois o jogou na cama. Floco soltou um gemidinho. Em seguida, João começou a tossir, ao mesmo tempo que tentei pegar meu filho de volta. Só que logo a tosse virou um chiado estranho e João ficou com a cara mais medonha do mundo. Gesticulou em desespero, tentando me dizer sei lá o quê. Eu me afastei. Floco latiu. João se levantou da cama com a mão no peito, me encarando com jeito de quem estava morrendo. Fiquei sem saber o que fazer. Achei que era enfarte.

– Você está bem? – perguntei.

João não respondeu. Revirou a estante, derrubando livros em busca de alguma coisa. Floco ficou agitado, latindo, arranhando a porta. Abri para ele e o vi disparar em direção à cozinha. João enfiou uma bombinha na boca e bombeou desesperado enquanto os olhos lacrimejavam, ainda fixos em mim, pronto para voar no meu pescoço assim que recuperasse o fôlego. Só que eu não ia ficar para ver o fim daquilo. Saí correndo também. Atravessei a casa da dona Generosa e zarpei em direção à rua. Nem peguei minha mochila. Disparei direto para o Coração de Jesus. Soquei o portão, implorando para me deixarem entrar, voei até a diretoria e telefonei para a minha mãe, em prantos.

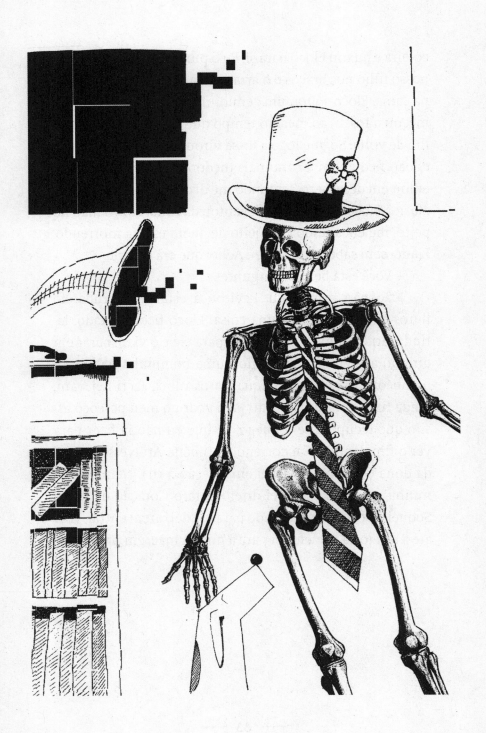

SESSÃO DE TERAPIA COM PAPAI E MAMÃE

O bom de ter um pai psicanalista era acreditar que ele tinha todas as soluções para a minha vida.

O ruim de ter um pai psicanalista era acreditar que ele tinha todas as soluções para a minha vida.

Naquela noite, depois da janta, meu pai informou que precisávamos ter uma conversa. Eu, ele e minha mãe.

— Cássia, agora você vai nos contar exatamente o que aconteceu na casa da dona Generosa hoje à tarde.

Meus pais nunca me bateram, mas doía feito um soco toda vez que meu pai me chamava de *Cássia*.

— Cacá, por favor... — minha mãe disse num tom mais descontraído. Ela estava sentada no chão, com as costas apoiadas nas pernas do meu pai, que estava na poltrona. — Conta pra nós o que aconteceu.

Meu pai fez um carinho no ombro dela. Minha mãe cruzou as pernas em posição de lótus e inspirou fundo para se acalmar. O clima estava bem tenso, mas eu não ia contar, nem que eles me amarrassem. Nem que me botassem de castigo.

— Filha, as acusações que fizeram contra você são sérias. É por isso que estamos insistindo — meu pai disse.

— Que tipo de acusação? — perguntei.

Minha mãe inspirou fundo, como que juntando coragem para me contar, mas meu pai foi mais rápido e respondeu por ela.

— Brincadeiras de mau gosto.

— Hã?

— Dona Generosa falou que você extrapola os limites quando brinca de casinha com o João.

Levantei do sofá. Fui para a janela. Virei de costas. Segurei na cortina. Por um instante, nem consegui olhar para a cara dos meus pais.

— Cacá, por favor, minha filha, a gente confia em você. Muito mais em você do que nesse menino. O que aconteceu naquela edícula?

O problema é que eu não conseguia falar. Era uma trava física. Um bloqueio na traqueia, um impedimento fisiológico mesmo. Então fiquei apenas olhando para eles, com muita vergonha.

— Bem, eu não acredito. Eu acho tudo isso uma palhaçada — minha mãe disse, preenchendo o silêncio do ambiente. Depois ela não aguentou mais aquele clima e aumentou o tom de voz:

— Cacá, pelo amor de Deus, o que você fez com o Joãozinho?

— Eu não fiz nada com o Joãozinho! Ele não é um bebê, ao contrário do que vocês imaginam. Ele é cruel.

— Como assim, "cruel"? — minha mãe perguntou, horrorizada.

— Cruel, ué! — eu gritei sem querer.

— Não grita — meu pai disse num tom de autocontrole.

— Desculpa, foi sem querer.

— Por que você diz que ele é cruel? — meu pai perguntou calmamente.

— Porque ele não tem coração. Ele me enganou. Mentiu pra mim.

Eles pareciam interessados no que eu dizia, mas não consegui avançar além disso. Eles jamais entenderiam as sutilezas do nosso relacionamento. Portanto, tudo que pude acrescentar foi:

— Eu peguei ele com o Floco.

Os dois se olharam. Meu pai, olhando mais intensamente que minha mãe. Ela, com cara de quem não tinha entendido nada.

— Quem é Floco?

— Floco é o nome do cachorro! Credo! Vocês não prestam atenção em nada do que eu falo! Vocês já se esqueceram do Floco?

Foi o fim da conversa. Minha mãe foi para a cozinha lavar louça, que é o que ela faz para se acalmar ou para "pensar melhor". Eu corri para o meu quarto. Depois de alguns minutos ouvi umas batidinhas na porta. Era meu pai querendo entrar e continuar a conversa, mas eu pedi para ele ir embora. Ele não insistiu muito.

— Outra hora a gente continua? — ele perguntou.

— Pode ser — respondi, tirando a cara do travesseiro.

— E o Floco? Tá bem, pelo menos?

Meu pai também se preocupava com Floco. Meu pai e João. Eu é que estava impedida de me aproximar do meu filho. Essa constatação disparou um novo choro avassalador. Nem sei se eu chorava por causa de um cachorro que só vi duas vezes na vida ou por causa da ideia de orfandade, o desamparo do Floco num abrigo de cachorros, ou se por João, que vivia sem pai nem mãe na edícula da casa de uma mulher tão insensível quanto dona Generosa. Mas também chorava por aquilo que João tinha dito. A frase não saía da minha cabeça. *Uma brincadeira de casinha idiota.* Será que João não percebia que eu já tinha passado da idade de brincar de casinha? E se fosse uma brincadeira de casinha, por que não terminava quando eu voltava para a casa dos meus pais? Desde quando brincadeira de casinha parte o coração da gente? Foi quando percebi o que realmente estava acontecendo. Eu estava apaixonada por João. Ele podia me ignorar, me humilhar, fugir de mim e mesmo assim o que eu sentia por ele era real. Eu estava sofrendo por amor. Doía e me fazia chorar e me fazia brigar com meus pais e me comportar feito uma doida.

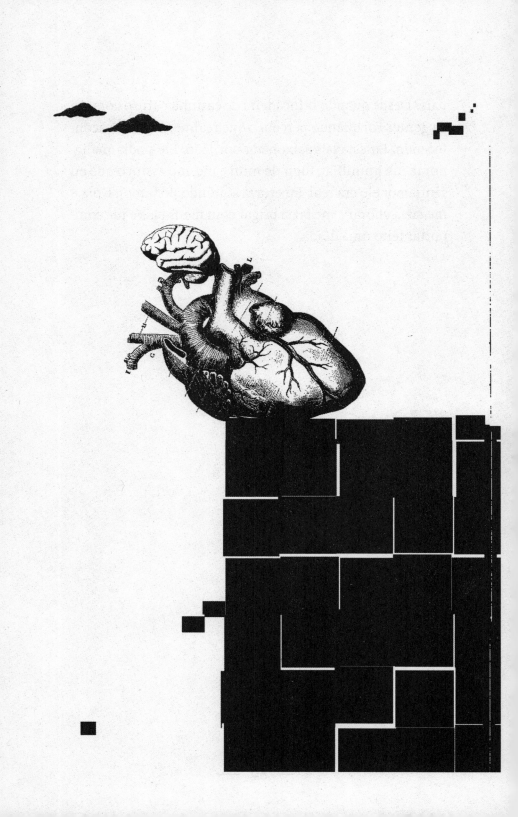

IRMÃ LUZIA COM SUA LUCIDEZ E SIMPLICIDADE

No dia seguinte, na hora do recreio, não quis ficar com as minhas amigas, então fui procurar a irmã Luzia na ala das freiras.

Irmã Luzia era uma espécie de confidente para mim. Quando, por exemplo, tive as primeiras dúvidas quanto a começar a usar sutiã ou não, e perguntei à minha mãe o que ela achava, a resposta foi imediata. Minha mãe riu e disse que não, que loucura. Mas a irmã Luzia me ouviu de verdade e disse que eu podia fazer um teste. Ela me deu um sutiã que estava no armário de achados e perdidos fazia tempo, e que jamais tinha sido reivindicado por aluna nenhuma. Provei. Serviu direitinho. Devia ser de alguma menina que, assim como eu, não tinha seios propriamente ditos, mas tinha dúvidas. O teste durou um dia. Achei superincômodo e devolvi o troço para a irmã Luzia. Ela o pegou de volta e não ficou fazendo perguntas. Era disso que eu gostava nela, seu jeito simples e sua mentalidade prática. No ano anterior, ela tinha ido para a África servir numa missão humanitária para vítimas da Aids. Ela era uma espécie de heroína espiritual para mim.

As freiras moravam no fundo da escola, numa construção separada, depois do parquinho. Na frente, havia um jardim com uma pequena cerca de madeira e uma porteirinha que ficava fechada por uma corrente. Não havia cadeado. A corrente era pendurada entre duas tábuas, feito um colar. Não era bem um sistema de segurança, mas um aviso sutil. Nenhum aluno ousava erguer a corrente e entrar. Mas nesse dia não pensei duas vezes. Ergui a corrente e por um instante me emocionei. Tudo na casinha das freiras era singelo, como num conto de fadas, a começar pelo tamanho da cerca, um metro de altura, e aquela corrente solta que as freiras insistiam em tirar e pôr toda vez que passavam por ali, e também pelos arbustos de rosinhas miúdas em vez das roseiras imponentes como as da entrada da escola. Tudo tinha um aspecto de bondade. A corrente em si tinha a função de proteger as freiras das nossas piadinhas, dos palavrões, da nossa pré-adolescência com seus primeiros desejos estranhos.

Irmã Luzia abriu a porta antes mesmo de eu bater. Botou a mão no meu ombro e me puxou para dentro.

— Vamos conversar no meu quarto — disse num sussurro.

Seguimos por um longo corredor austero, de portas fechadas de ambos os lados. Nas portas, apenas números.

Quando chegamos ao seu quarto, ela apontou para uma cadeira que ficava num canto.

— Senta, Cássia. Me conta o que está acontecendo.

Ela pegou uma segunda cadeira e sentou-se também. Fora as duas cadeiras, havia uma cama de solteiro encostada na parede, um armário de madeira e uma pequena estante de livros. O ambiente transmitia a sensação de lucidez e simplicidade.

Inspirei fundo e considerei tudo o que eu poderia lhe contar.

Eu me perguntava o que, exatamente, irmã Luzia sabia sobre meu incidente com João, pois na tarde anterior, quando entrei correndo na diretoria, chorando e desesperada após o ataque de asma, eu tive que me explicar. A diretora obviamente quis saber o que havia acontecido para eu estar tão agitada. Expliquei que João estava tendo um treco e ia enfartar. Pedi que chamassem uma ambulância. Em vez de chamarem a ambulância, a diretora ligou para dona Generosa e pediu para irmã Luzia correr até lá.

Portanto eu só podia concluir que irmã Luzia tinha ouvido a versão deles sobre a maneira como eu vinha me comportando quando passava as tardes lá. Essa constatação me encheu de revolta.

— Cássia, você quer conversar? Eu não vou te obrigar, mas, caso queira, você pode confiar em mim.

Agradeci e respondi que não queria falar sobre esse assunto. Também não queria voltar para o recreio ou para a aula. Minha única vontade era continuar naquele quarto, num ambiente de lucidez e simplicidade, na companhia de uma freira gentil que tinha servido numa missão na África, onde as pessoas têm problemas de verdade.

– Posso usar a sua escrivaninha? Quero escrever uma carta pro João.

Irmã Luzia achou que aquela era uma excelente ideia e me entregou um bloco de papel, um lápis, um apontador e uma borracha. Eu me acomodei na sua escrivaninha.

– Quer um dicionário? – ela perguntou.

Somente uma pessoa com muita prática em escrever cartas se lembra de oferecer um dicionário numa hora dessas. Aceitei e considerei me tornar freira e servir em missões na África quando eu crescesse.

Irmã Luzia disse que eu podia ficar à vontade. Saiu e fechou a porta com delicadeza.

∿∿

Coração de Jesus, 16 de março de 1984.

Querido João,
Sinto que lhe devo um pedido de desculpas pelo mal-entendido que ocorreu entre nós. Você sabe do que estou falando. Então, faço aqui meu pedido formal de desculpas. João, me perdoe por ter causado seu ataque de asma. Não foi minha intenção. Pronto. Isso é tudo o que consigo dizer com sinceridade. Qualquer coisa além disso seria hipocrisia porque a verdade é que a vítima aqui SOU EU!

João, talvez daqui a alguns anos você consiga entender o que está acontecendo comigo. No momento você nem tem maturidade para isso. Apenas lamento esse abismo que existe entre nós. Você, tão infantil; e eu tomada por um sentimento avassalador, lindo, que me enche de energia vital e que – veja que ironia – não consigo compartilhar com você. Daqui a alguns anos você vai reler esta carta e sentir remorso por não ter tido coragem de se entregar ao nosso relacionamento. Sei que sou corajosa, forte, ousada e por isso mesmo entendo que você se sinta intimidado. Você se tranca na edícula. Seu esconderijo, seu abrigo nuclear. Eu sou uma bomba atômica, não sou? Você teme a minha explosão iminente. Pode acontecer a qualquer momento e nem eu sei as consequências. Alguém sobreviverá? Qual será o tamanho do estrago? São tantas emoções que carrego dentro de mim, tanto potencial, uma força destruidora que está aqui, muito bem compactada. Sinto pequenos estalos de vez em quando, e também espero o momento do grande BUM! Ao contrário de você, não sinto medo. Sinto a expectativa, parecida com a das noites de réveillon. Estou vestida de branco, descalça, na beira da praia. As ondinhas cobrem meus pés e os rojões estão a postos. Estou na contagem regressiva, João, para algo maravilhoso, lindo e transformador, que vai acontecer comigo em dez, nove, oito, sete, seis, cinco... mas ainda não aconteceu.

Eis o que vai acontecer, vou lhe contar. Quero que você saiba para poder se preparar. Estou me transformando numa mulher. A menina que você conheceu na escola está com os dias contados. Não vou falar das mudanças no corpo, porque são íntimas e não quero constranger você. Mas elas estão acontecendo. Está tudo aqui. A principal delas, aque-

la sobre a qual ninguém fala, já aconteceu. Eu fui uma das primeiras da nossa classe. Talvez, neste ponto da carta, você amasse esta folha de papel e a jogue pela janela. Talvez você esteja fazendo caretas de nojo, falando sozinho, resmungando que sou louca. Ok, eu imagino suas reações e mesmo assim vou seguir escrevendo porque, como disse, tem tanta coisa armazenada dentro de mim, e agora que comecei não consigo mais parar. Então, voltando ao meu corpo, é uma questão hormonal. Sim, nós já ouvimos a teoria na aula de Ciências, já nos explicaram todo o processo da puberdade com as oscilações de humor e mudanças de comportamento. A diferença é que estou vivendo isso na prática, sentindo na pele e aqui (aqui dentro de mim) a coisa é completamente diferente do que dizem os livros e os professores. O que eu sinto é uma ebulição de emoções novas, profundas, complexas e sedutoras. Elas não me assustam. Por que não me assustam? Explico: porque revelam o potencial que existe dentro de mim. João, eu descobri o AMOR.

Graças a você.

A você eu devo essa experiência tão arrebatadora para a minha formação de mulher. João, aqui eu digo com todas as letras: VOCÊ FOI O MEU PRIMEIRO AMOR.

Foi e está sendo, mas vai passar. E é isso o que mais me alegra nessa história toda, porque, mesmo que você me ignore, mesmo que você tire meu filho de mim, tenho certeza de que esse amor vai passar e que, dentro de alguns anos, quando você estiver relendo esta carta, arrependido por não ter vi-

vido esse amor comigo, eu estarei rindo de tudo isso, olhando para trás e lembrando de você como um menino ingênuo que foi pego desavisado. João, me desculpe por estar te sobrecarregando com tantas emoções. Sei que você não tem repertório emocional para me acompanhar.

Mas antes que você se apavore, preciso dizer mais uma coisa. Não se preocupe em responder. Eu sei que você não vai responder e nem espero resposta. Já estou preparada para uma reação nula. Sei que você vai fingir que não leu nada disso, e talvez não leia mesmo. Uma pena, azar o seu se não chegar até aqui. O mais importante da carta começa aqui. Então, siga com atenção.

Percebi que nosso amor é inviável. É sempre assim. Com Romeu e Julieta não foi diferente.

Para você isso pode ser um alívio, não sei. Só sei que sou uma nova mulher, que deve passar por tudo isso como um ensaio para a vida romântica que espera por mim no futuro. Não tenho idade para namorar, e nem quero, Deus me livre, namorar você. Mas o sentimento existe. Eu já sofro, choro, me descabelo, faço besteiras e escrevo uma carta como esta. João, será que ao menos você consegue entender o que está acontecendo comigo? Será que você percebe que isso é mais forte do que eu? Que eu não tenho escolha?

Obrigada, João. Obrigada por ser quem você é. Podia ter sido pior. Na próxima vez, será melhor. Qualquer coisa será melhor do que esse amor sem recíproca que sinto por você. No fundo eu sei que não há nada de vergonhoso no que sinto. Isso é paixão, isso é vida, isso é a energia que move a humanidade. Por que me envergonhar? Apenas lamento que você não tenha condições de me acompanhar nessa jornada. Repito: que você não tenha condições de me acompanhar nessa jornada. Percebe como estou escrevendo bonito? Você percebe, João, a minha inspiração, a poesia das minhas palavras, o meu fôlego e a necessidade de desabafar? De onde você acha que vem tudo isso?

Está ficando tarde. Eu poderia continuar por páginas e páginas e páginas e mais páginas até meus dedos gangrenarem e caírem, manchando esta folha de sangue, do sangue que pulsa nas minhas veias e me mantém viva somente para expressar o que sinto por você.

Tudo o que eu quero é que você entenda o que sinto. Será que você entendeu ao menos um pouquinho do que se passa aqui dentro?

João, termino dizendo que está tudo bem. Nós vamos nos encontrar daqui a alguns minutos e seremos como dois estranhos. Será triste para mim e indiferente para você. Eu lhe prometo que nunca mais você passará vergonha por causa de mim, que nunca mais será importunado, que nunca mais terá que aturar a minha pessoa ou terá ataques de asmas.

Obrigada, desculpas, sinto muito, gratidão, adeus.

Seja feliz,
Cássia

Faltavam cinco minutos para soar o alarme do fim do recreio. Pedi um envelope para irmã Luzia. Enfiei a carta dentro e escrevi: "Para João". Agradeci rapidinho e nem consegui me despedir direito. Precisava sair correndo. Ela entendeu. Corri de volta para a classe. João não estava lá. Enfiei a carta dentro da sua mochila, bem no fundo, para que ele não notasse a carta até que chegássemos em casa. Isso foi numa sexta-feira.

～∧∧～

Passei a tarde toda na sala, estudando, mas com bastante dificuldade para me concentrar. De quinze em quinze minutos eu dava um pulinho na cozinha, com a desculpa de tomar água e dar uma espiada na edícula. Dona Generosa estranhou meu comportamento e fez um comentário bem desagradável.

– Que sede, hein!

Expliquei que estava com a garganta seca.

– Então leva uma garrafa d'água pra sala.

Respondi que não gostava de água morna.

– Mas se é problema de garganta, não é bom tomar gelada.

Dona Generosa encheu uma jarra de água filtrada e me entregou.

– Toma, leva.

Levei. Voltei para a sala e lá fiquei o resto da tarde, me perguntando se João já teria lido a carta.

Se leu, não reagiu. Típico dele. Se não leu, poderia ler a qualquer momento. Desisti de tentar estudar. Eu queria que ele lesse logo porque era sexta-feira. Senão, eu ia ter que esperar até segunda para ter uma resposta.

Não me aguentei e voltei à cozinha. A porta da edícula continuava fechada, como sempre. Mas Floco estava bem ali, deitado num tapetinho, ao lado da pia.

– Oi, Floco! – eu disse, surpresa por vê-lo solto.

Ele se levantou e abanou o rabo. Fiz um carinho nas suas orelhas.

Dona Generosa estava ao fogão, fazendo um manjar de coco. O cheiro estava divino. Espiei e notei as primeiras borbulhas de fervura. Se eu ficasse um pouquinho mais, talvez conseguisse as raspas da panela.

– Quer mais água? – dona Generosa me perguntou.

– Não... – respondi com um suspiro.

Eu só queria poder brincar um pouquinho com meu filho, ter alguma companhia humana, conversar com meu marido, esses desejos comuns a qualquer mulher.

Dona Generosa chamou Floco para junto de si. Ele atendeu. Ficou parado ao seu lado enquanto ela despejava o manjar numa forma. Num piscar de olhos, ela meteu a panela debaixo da torneira e carcou detergente, acabando com meus planos de provar pelo menos a raspa. O doce ainda teria que esfriar, depois passar a noite na geladeira e até segunda-feira não haveria nem lembrança do manjar. Nas vezes anteriores ela nunca tinha enfiado a panela debaixo da torneira. Eu sempre pedia a raspa e ela me dava, como uma esmola.

— Vem, Floquinho, vem com a mãe – ela chamou.

Os dois seguiram para o quintal. Pior do que ver a panela do manjar cheia de detergente, foi ouvir dona Generosa reivindicando a maternidade do meu filho, e ele acatando, todo feliz.

O PASSAPORTE DA ALEGRIA

Foi um dos finais de semana mais inusitados da minha vida. Meus pais interromperam suas rotinas para se dedicarem a mim. Eu me senti como uma filha adotada que acaba de chegar ao novo lar. Foi tudo meio forçado, formal e desajeitado. Foi como se, durante aquelas últimas semanas, meu pai e minha mãe tivessem deixado de ser minha família de verdade e agora estivessem dispostos a reconquistar o posto. Começou no café da manhã. Tudo estava diferente, a começar por um suco de laranja fresquinho, com cenoura e beterraba, minha combinação favorita. Em toda minha existência, não me lembrava de uma única vez em que minha mãe teve disposição para acordar cedinho num fim de semana e fazer um suco tão caprichado para mim. Quando ela perguntou se queria que adicionasse hortelã, não me aguentei. Perguntei o que estava acontecendo.

Meu pai acabava de entrar pela porta, trazendo pãozinho fresco da padaria, outro mimo bem raro. Não inédito, mas raro. Os pães estavam quentinhos e perfumados.

Meu pai ao menos foi honesto na resposta. Disse que aquele seria um fim de semana para nós três ficarmos juntos, pois depois que minha mãe tinha começado a trabalhar em seu novo emprego, nunca mais tivemos dois dias direto juntos.

Minha mãe se sentou à mesa, comigo e com meu pai. Por um instante, foi como se estivéssemos numa viagem de férias.

— O que você quer fazer hoje, Cacá? — minha mãe perguntou.

Eu não tinha ideia de até que ponto eles estavam dispostos a se dedicarem a mim. Então, chutei alto.

— Quero ir pra praia.

Meu pai rapidamente me trouxe de volta à realidade.

— Sem sair da cidade.

Peguei um pãozinho, passei manteiga e acrescentei duas fatias de muçarela, também recém-chegadas da padaria, bem fininhas, do jeito que eu gosto. Pensei com cuidado porque, a julgar pela cara feliz dos dois, o meu pedido podia de fato ser atendido. Mas antes, testei o território e perguntei se podia sugerir qualquer coisa. Os dois assentiram que sim, qualquer coisa. Disse que queria passar o dia no Playcenter, o único parque de diversões existente nessa época. Para os padrões de então, era o equivalente a uma Disney, só que bem menor, bem menos emocionante, bem medíocre na comparação, mas divertido mesmo assim.

— Genial! Playcenter, lá vamos nós! — minha mãe disse, animadíssima.

— Fechado! — meu pai concordou.

E com isso eu soube que os dois estavam tramando algo.

~~~

Eles compraram três Passaportes da Alegria, que nos davam acesso a todos os brinquedos. Na época, isso era uma supernovidade também. O dia estava perfeito. Tinha sol, mas a temperatura estava agradável e o parque não estava lotado, como de costume. Parecia que o próprio cosmos confabulava a favor do fim de semana extraordinário em família. No parque, eu me permiti voltar a ser a filha que ainda não tinha virado uma pré-adolescente perturbada, mas também já não era uma criancinha deslumbrada pelo Playcenter. Fiquei o tempo todo com os dois, sem sair correndo desembestada na frente, embora minha vontade às vezes fosse essa. Os dois andavam de mãos dadas, e notei como ainda eram apaixonados um pelo outro. Nesse momento, lembrei de João, da carta, do nosso amor frustrado, e bateu uma leve melancolia. Mas foi breve. Havia uma montanha-russa na minha frente e isso ganhou prioridade.

Na Casa Mal-assombrada, eu me lembrei dele de novo. Os carrinhos eram para duas pessoas apenas. Minha mãe disse que iria sozinha porque ela não tinha medo de fantasma, dando a entender que meu pai tinha. Mas eu não quis que eles se separassem. Disse que os dois podiam ir juntos. Eu iria com uma garota, mais ou menos da minha idade, que estava atrás de mim na fila. Perguntei se ela topava, ela topou, e trocamos algumas ideias. Ela era engraçada. Meus pais então foram juntos. Vendo os dois sentadinhos no carrinho à minha frente, meu pai passando o braço por trás dos ombros da minha mãe, lembrei de novo do João e especulei sobre nossa lua de mel, para onde viajaríamos, se um dia nós também iríamos passar o dia num parque de diversões, em alguma praia, numa viagem romântica de quinze dias. Só quando o primeiro esqueleto pulou na minha frente, eu voltei a mim.

Entre um brinquedo e outro, comemos pipoca, cachorro-quente, tomamos sorvete, comemos churros, algodão-doce e pizza. Era como se meus pais tivessem tirado férias de si. Tudo era permitido. Na hora do algodão-doce, nós nos sentamos num banco e ficamos observando as outras famílias passeando. Eu, sentada no meio, com um algodão-doce cor-de-rosa espetado num palito. Minha mãe num lado, meu pai no outro. Os três beliscando pedacinhos daquela nuvem de açúcar que ia derretendo no céu da boca feito uma comida do mundo dos sonhos. De novo, eu me lembrei do João, agora com um sentimento de tristeza, por ele não ter pais. Considerei perguntar à minha mãe se ela sabia alguma coisa sobre os pais do João. Com certeza ela saberia como eles haviam morrido. Para mim era óbvio que os dois estavam mortos. Senão, por que João moraria com a avó?

Um vendedor de balões passou por nós e meu pai comprou dois corações vermelhos. Um para mim, outro para a minha mãe. Eu pedi mais um, para levar para João.

Meu pai me deu uma olhadinha de canto de olho.

– Você vai dar um coração pro João? – ele perguntou num tom sarcástico.

– Claro que não! – respondi irritada.

Além dos corações, havia aviõezinhos, caras de palhaço, a cara do Mickey, a cara do Pateta, a cara da Minnie. Pedi uma cara de palhaço. Meu pai disse "ok", e nesse instante eu me arrependi. Quis devolver, mas o vendedor já estava se afastando. Então fiquei com o palhaço e o coração, sabendo que eu jamais levaria um balão de gás hélio para a escola, sem motivo ou explicação, e muito menos teria coragem de dar o balão para João quando voltássemos para a nossa casa. Durante o resto do passeio, toda vez que eu batia o olho na cara de palhaço pairando acima da minha cabeça, ao lado do coração do meu pai, sentia que um novo furacão voltava a girar dentro da minha garganta.

Quando voltamos para casa à noite, eu já não me sentia uma filha adotada recém-chegada. Havíamos recuperado a intimidade dos velhos tempos. O dia tinha sido tão especial que dava até medo do que viria em seguida. Eu intuía que eles tinham alguma coisa que precisavam me dizer, e que o momento se aproximava. Eles só estavam ganhando um tempinho.

Antes de dormir, dei um abraço apertado de boa-noite nos dois e agradeci pelo dia no parque. Falei que eu tinha muita sorte por ter pais tão legais. Os dois me abraçaram de volta e por um momento ficamos assim. Então eu disse boa-noite e fui para o meu quarto. Mas minha mãe me chamou de volta.

— Cacá...

Eu voltei.

— Fala, mãe.

Ela só ficou olhando para mim, sem dizer nada. Perguntei se ela queria falar alguma coisa, mas ela desistiu.

— Nada, não. Amanhã a gente conversa.

A SOLUÇÃO PARA O QUE FAZER COM A MINHA CABEÇA

O domingo amanheceu frio e chuvoso, com um café da manhã normal. Sem sucos especiais, sem firula. O pão era do mercado mesmo. De novidade, havia o fato de os meus pais estarem sentados à mesa, esperando por mim. Quando eu me sentei, eles dobraram os cadernos do jornal e me deram bom-dia. Até aí tudo bem. Só que eles não voltaram a reabrir o jornal para seguir lendo, como gostavam de fazer nas manhãs de domingo. Os dois estavam mais interessados em mim.

– É... acho que hoje não vai dar pra sair... – meu pai falou.

Como num filme, o final da sua frase foi pontuado por um trovão que fez estremecer os vidros da casa. Nisso eu tive a confirmação de que, de novo, o cosmos estava confabulando a favor. Dessa vez, a favor deles.

– É um bom dia pra ficar em casa e colocar nossas conversas em dia, vocês não acham? – minha mãe lançou a ideia.

Eu respondi que sim porque a essa altura eu já tinha entendido que os dois estavam desesperados para liquidar algum assunto comigo, só não sabiam como.

Meus pais tinham um protocolo para conversas em família. Enquanto um falava, os demais ouviam até o fim sem interromper. Apenas um assunto era tratado por vez. Assuntos diferentes não podiam ser misturados numa mesma conversa. Toda conversa deveria chegar a uma conclusão. Conversas deviam caminhar em linha reta, sem ficar voltando para trás. Eles acreditavam em conversas eficazes.

– Cacá, nós estivemos pensando e achamos que seria muito legal se você começasse a praticar algum tipo de esporte – meu pai disse de um jeito que era para ser bem informal.

Perguntei o motivo.

– Porque praticar esportes é um hábito saudável, só por isso – minha mãe respondeu.

Não me convenceu.

Meu pai, talvez pela profissão, sempre tentava ser verdadeiro. Ele tentou uma nova resposta.

– Pra você sair um pouco da sua cabeça.

– Que tipo de esporte? – perguntei.

Eu nunca tinha considerado a possibilidade. Esporte não fazia parte da minha vida. Eu não conseguia me imaginar de repente jogando vôlei. Seria absurdo.

– Vôlei! – minha mãe sugeriu numa entonação animada. Ela mesma nunca tinha jogado vôlei. Ninguém na nossa casa havia jogado vôlei. A própria palavra *vôlei* nunca tinha sido pronunciada entre nós.

– Hum... Não sei... – respondi. – Tem outro?

Meu pai tirou os óculos e esfregou a testa. Era o gesto indicativo de que a conversa não estava indo bem.

– Pode ser basquete, tênis, futebol, caratê, judô, capoeira, natação, ginástica olímpica. Ginástica olímpica é tão lindo! Você não gosta? – minha mãe perguntou.

– Ou eu posso virar freira – sugeri.

– Cássia, é sério.

– Mas e se eu tiver uma leve vontade de ser freira e servir numa missão humanitária na África, que nem a irmã Luzia?

Minha mãe ignorou e continuou com as opções esportivas.

– Handebol, halterofilismo, atletismo, ginástica rítmica.

– Halterofilismo, então – eu disse só para testar.

– Cássia, é sério – meu pai voltou a dizer.

Então minha mãe se desculpou por ter sugerido halterofilismo. Saiu sem querer.

– Esgrima? – minha mãe sugeriu.

Meu pai interrompeu de novo e disse que eu não ia praticar esgrima. Era para ser um esporte normal. Minha mãe se levantou da cadeira e foi lavar a louça do café da manhã, mas ele pediu para ela voltar. A conversa não estava indo do jeito que meu pai queria, então ele fez como sempre faz. Foi direto ao ponto.

— 111 —

— Nós tivemos uma conversa com a dona Generosa. Ela que procurou a gente.

— E...?

— E nós achamos que você fica muito sozinha naquela casa. Mas se você entrasse num time, faria novas amizades, teria mais interação real com as pessoas.

Notei que meu pai acentuou bem o "real". Interação real. Foi o suficiente para que eu deduzisse o conteúdo da conversa com dona Generosa. Fiquei bem constrangida e resolvi acabar logo com aquilo.

— Topo fazer balé.

— Balé não é esporte — meu pai retrucou.

— Pode ser balé — minha mãe rebateu.

Os dois trocaram olhares afiados.

— Balé é muito...

Meu pai não conseguiu terminar a frase. Ficou procurando uma palavra.

— Muito o quê? — perguntei.

— Muito...

Ele ainda não tinha uma palavra.

— Feminino? — minha mãe arriscou.

— Não, não é por isso. Cássia, você precisa de interação humana, entende?

— Eu não sou um bicho do mato! Eu tenho amigas!

— Deixa ela fazer balé. É o que ela quer — minha mãe interveio.

— Balé não vai resolver nada — meu pai resmungou.

Mas seria balé. Minha mãe já havia resolvido. Ela voltou a se levantar e recomeçou a tirar as coisas da mesa.

Eu fui ajudar. Ela se empolgou e lembrou da filha de uma amiga, que fazia balé havia nove anos, numa academia perto da minha escola. Dava para ir a pé. Ela já ia ligar para a amiga e pegar o telefone da academia. Se déssemos sorte, dava para começar na segunda-feira.

TORTURA INDIVIDUAL E CONSTRANGIMENTO COLETIVO

A aula de balé clássico começou com uma sessão de tortura individual, depois veio o constrangimento coletivo. A sessão de tortura era na barra. Tivemos que encaixar uma perna na altura máxima e assim ficar, num prazo imprevisível, estáticas, respirando e tolerando a dor. Na segunda parte, tive que me virar para acompanhar uma coreografia acelerada que as outras alunas já tinham decorado e que seria apresentada num teatro, com plateia e tudo, no fim do ano. Haveria figurinos, maquiagem, luzes, gravação em vídeo e a obrigação de não errar nenhum passo. Qualquer uma que errasse um passo sequer já colocaria em risco o trabalho de um ano inteirinho de ensaio. Faltavam meses para a apresentação, mas todas na classe sentiam a pressão para aprender o quanto antes a coreografia. O clima era tenso. Elas eram em oito na turma. Comigo, nove.

Bastaram três minutos de ensaio para perceber que a minha chegada representava um problema de logística. Eu não tinha um par.

A professora interrompeu a música e suspirou fundo. Virou os olhos e bufou.

— Bem, agora nós vamos ter que pensar numa solução.

Minhas colegas estavam de mãos dadas. Dois pares de meninas na frente e dois atrás. Formavam um quadrado perfeito, composto por quatro pares. Oito meninas. Duas em cada extremidade. Eu ficava solta no meio, sobrando.

— Eu não entendo como você conséguiu entrar nesse curso na sexta aula — a professora disse.

Achei o comentário bem deslocado, mas não respondi.

— Talvez a mãe dela seja amiga da dona da escola — uma aluna sugeriu.

— Só pode ser — a outra disse.

Continuei quieta. Talvez elas tivessem razão. Não sei como, mas minha mãe conseguiu a proeza de me matricular na segunda-feira, comprar o uniforme e me botar ali, naquela situação constrangedora, tudo num piscar de olhos.

— Eu acho que ela não vai conseguir acompanhar. Nós já estamos muito na frente — uma aluna disse.

Eu me sentia um pouco envergonhada, fantasiada de bailarina, com meia cor-de-rosa, *collant* e uma sainha transpassada por cima. Meus cabelos presos num coque apertado. Eu era uma impostora no meio de bailarinas de verdade. Todas eram muito boas na execução dos passos. Como seres humanos, eram um pouco azedas.

Pensei em explicar que eu só estava ali como uma espécie de medida de segurança. Na verdade, meus pais precisavam de um lugar onde pudessem me deixar toda tarde, após a escola. A opção de ficar na casa da dona Generosa não tinha dado muito certo porque eu havia me apaixonado por João. Tivemos um filho, mas ele escondeu nosso filho de mim. Então eu descobri e invadi a edícula. Essa foi uma péssima ideia, porque João acabou ficando nervoso e teve um ataque de asma. Quase enfartou. Então eu corri para a escola. Cheguei chorando, assustada, e não expliquei direito o que havia acontecido naquela tarde fatídica na edícula. Depois disso eu tive a infeliz ideia de escrever uma carta para João, tentando me explicar. Mas isso acabou sendo pior, pois a carta virou um desabafo de muitos sentimentos conflituosos que eu estava tendo. Além disso, tinha a questão da herança do tio Germano Goldberg, que colocava tudo numa perspectiva bem particular. Também pensei em explicar que, com o balé, eu pretendia sair um pouco da minha cabeça e ter interações reais com as pessoas. Mas, no fim, o que eu disse foi:

— Desculpa, eu não queria atrapalhar.

A professora deve ter ficado com pena e amoleceu.

— Você não está atrapalhando, flor. Eu só não sei o que fazer com você na hora dos pares.

— Ela podia sair do palco — uma colega sugeriu.

— Isso! Eu posso sair do palco.

A ideia me pareceu ótima.

— Não, já sei. Ela vai pro centro.

A professora me botou no centro do quadrado.

– Enquanto as duplas fazem a parte delas, você vai fazer três piruetas.

– Mas ela nem sabe fazer pirueta! – uma aluna protestou.

– Ela vai aprender – a professora declarou.

E ficou combinado assim.

– Você tem até o fim do mês para aprender a virar uma pirueta tripla.

– E se eu não conseguir? – perguntei.

– Você vai conseguir – ela garantiu. – Aline, mostra pra ela a pirueta tripla.

A tal Aline rodopiou feito um parafuso biônico. Cessou abruptamente o movimento, num pouso triunfante, antes que a pirueta virasse quádrupla ou quíntupla. Fiquei impressionada.

– Muito bem, vamos seguir com a coreografia.

A professora recolocou a música e eu fui para o fundo da sala, para imitar os passos acelerados de oito bailarinas natas.

~~~

A academia de balé ficava num casarão do início do século passado, construído em forma de "U". No meio havia uma piscina oval com uma escultura em gesso de uma ninfa segurando um jarro. A sala em que eu fazia aula tinha quatro janelões que davam vista para a piscina. Não pude deixar de lembrar da fortuna que o tio Germano Goldberg havia deixado para mim e vislumbrar um futuro distante, quando nada daquilo seria necessário. Nem as aulas de balé, nem a pressão para aprender a executar piruetas triplas, ou o peso de ser uma pessoa que precisava praticar atividades físicas como antídoto para um amor impossível. No futuro, como herdeira universal da fortuna do tio Germano Goldberg, eu estaria na posição de produzir espetáculos de balé, pintar quadros, fazer esculturas em argila e tocar harpa. Também teria um veleiro, no qual viajaria sozinha, dando voltas ao redor do mundo, a cada dois anos. Teria já descartado alguns maridos, todos posteriores ao João, acho que uns três ou quatro. Mas, como meus casamentos não durariam muito, acabaria não tendo outros filhos além do Floco. Eu cursaria três faculdades. De História, Arqueologia e Filosofia. Todas para matar minha sede de conhecimento e alimentar meu intelecto. Criaria um instituto para apoiar artistas em começo de carreira. Receberia muitas homenagens pela minha generosidade com as artes em geral.

Em algum ponto desse futuro, eu certamente reencontraria João. Provavelmente durante uma das cerimônias de alguma universidade. Talvez Oxford. Eu estaria na porta da universidade, esperando o motorista para voltar ao hotel. Seria um dia frio, com neve. Eu teria uma estatueta nos braços, um reconhecimento por toda uma vida de dedicação às artes. A essa altura, essas homenagens seriam muito mais uma chateação do que um acontecimento extraordinário. Por isso, quando os doutores de Oxford me convidassem para ir jantar após a cerimônia, declinaria o convite alegando uma dor de cabeça. Eu só pensaria em voltar para o hotel e continuar a ler algum romance interessante. A leitura seria meu maior prazer a essa altura da vida. Então aconteceria de um senhor vir em minha direção, usando um sobretudo cinza, galochas e cachecol vermelho, passeando com um cachorro simpático, desses que parecem ter um bigodinho. Talvez por ter bebido algumas taças de champanhe, talvez por impulso, eu soltaria um comentário em português mesmo.

— Ai que fofo — e estenderia a palma da mão em direção ao cachorro.

Ele farejaria prontamente. Seu dono, o senhor do sobretudo cinza, perguntaria:

— Cássia?

Eu reconheceria João. Sessenta anos mais velho, encurvado, de óculos, chapéu de feltro e com o mesmo olhar.

— Oi, João — eu responderia afastando a mão do focinho do cachorro.

Nessa noite eu iria para a casa dele. Tomaríamos chá. Ele me contaria sua vida. Eu falaria da minha. Depois tomaríamos uísque e ele confessaria seu arrependimento por não ter me procurado enquanto ainda éramos jovens e vivíamos na mesma cidade, logo após a crise de asma na edícula. Lamentaria nunca ter encontrado um amor igual ao meu, embora tivesse se casado com uma inglesa vinte e oito anos mais velha que ele, mas que mesmo assim teria lhe dado quatro filhos, que por sua vez teriam tido seus próprios filhos, fazendo dele um avô viúvo, com um bando de netos adultos que o visitariam uma vez por semana, e cujos nomes ele nunca conseguiria acertar de primeira e às vezes nem mesmo entenderia quem eram e porque estavam dentro da sua casa, mexendo em suas coisas. Nesse ponto da conversa, eu diria que já estava tarde e que eu precisava voltar para o hotel.

João pegaria na minha mão e suplicaria para que eu ficasse um pouco mais. Eu hesitaria. Por um instante, teria a impressão de que ele estava prestes a me beijar. Então perguntaria:

— E a sua vó? Que fim levou?

João largaria da minha mão e desconversaria. Diria que era melhor eu ir, já estava ficando tarde. Então eu partiria sem saber que fim teria tido dona Generosa.

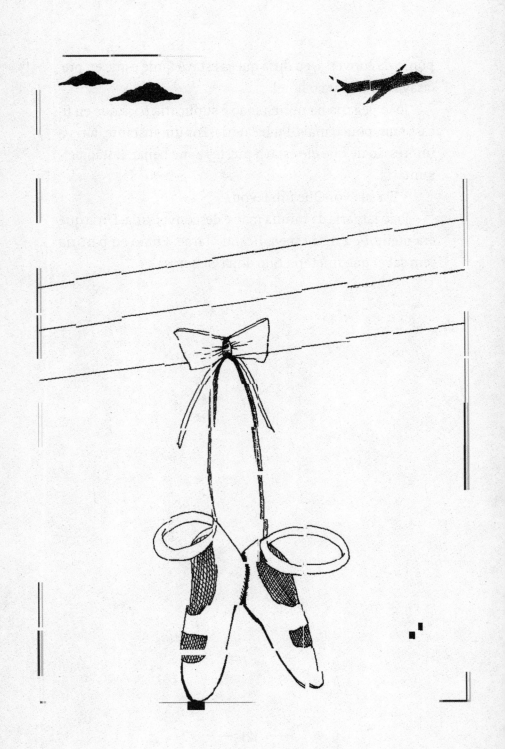

A TERÇA-FEIRA FATÍDICA

Na escola, rolava o boato de que eu era apaixonada por João e que por isso eu não podia mais ir para a casa dele todas as tardes. A restrição a duas visitas por semana seria por causa da minha paixão avassaladora. Era uma medida de contenção, para o bem do João. Uma decisão tomada por dona Generosa e meus pais, com intermediação da irmã Luzia. João sofria de asma e precisava ser poupado de emoções fortes, sendo que eu seria uma fonte de emoções que colocavam a vida dele em perigo. Segundo o boato, eu teria invadido a edícula para me declarar. Isso o deixou nervoso, acarretando a asma. Foi preciso chamar uma ambulância. Por sorte, a ambulância chegou a tempo e os paramédicos tiveram de me sedar, porque, mesmo com João quase morrendo, eu não largava do pescoço dele, tentando beijá-lo à força. Então eu teria entrado na diretoria da escola, aos prantos, humilhada e culpada. Dependendo da versão do boato, eu também teria acabado no hospital, onde fui sedada. Noutras versões, dona Generosa é quem quase enfarta de nervoso, ao me flagrar pulando em cima de seu neto.

Quando tentei desfazer o boato, explicando às minhas amigas que eu não estava mais indo para a casa dele porque eu tinha começado a fazer aulas de balé, às segundas, quartas e sextas, e que isso não tinha nada a ver com "medida de contenção", elas nem me ouviram direito.

Meu erro foi tentar explicar que meu relacionamento com João era bem mais complexo que uma paixãozinha. Mas bastou eu dizer "complexo" para elas deduzirem que a coisa era séria e que essa era a confirmação de que eu estava mesmo apaixonada por João. Nesse ponto eu desisti. Nada do que eu dissesse podia esclarecer a situação.

João não me pareceu nem um pouco abalado. Manteve sua rotininha de sempre. Durante as primeiras aulas do dia, continuou concentrado, na primeira fileira, ao lado de Ulisses. Tomou notas, fez exercícios, respondeu a perguntas com perfeição. Estava imune. Durante o recreio, como era de costume, ficou com Ulisses, somente os dois, cada um com seu cubo mágico, compenetrados feito dois jogadores de xadrez alheios ao resto do mundo. Manipulavam seus cubos numa velocidade frenética. Num minuto, o cubo era uma combinação aleatória de cores, daí eles diziam *"já!"*, torciam as faces do cubo para a direita, esquerda, para cima e para baixo e *tchan-nan*, de repente, cada face tinha sua cor única. Do caos à ordem em dois minutos ou menos. Era irritante de ver.

Num único instante, por uma fração mínima de segundo, vi os olhos do João cruzarem com os meus. Depois, mais nada. Ao menos ele parecia bem de saúde. A asma estava sob controle. Ele também me pareceu mais bonito e alto.

Eu fiquei perambulando pelo pátio, fingindo que estava ouvindo música, mas na verdade só estava com os fones nas orelhas, mais interessada em ouvir os boatos absurdos. Mas daí começou uma brincadeira besta. Quando eu passava, grupinhos cantarolavam o refrão da música mais popular da Blitz: *Você não soube me amar.*

Esse era um refrão que qualquer pessoa da nossa idade cantava de oito a dez vezes por dia, no mínimo, a qualquer hora, a qualquer momento, sem explicação. Era uma coisa que simplesmente saía. Depois que você cantava o primeiro *Você não soube me amar*, você se sentia na obrigação de repetir mais três vezes. Era impossível não repetir, sendo que, na terceira vez, você tinha que esticar o "amaaaaaaaa-aaaaaaaaaaaaar" ao máximo, e sua cabeça balançava junto, e também os braços e os pés. Era uma coisa que realmente mexia muito com a gente. Eu amava essa música, e naquele minuto eu só consegui maldizer o dia em que ela estourou nas rádios, na TV, no Brasil inteiro, na nossa escola e agora se voltava contra mim, numa acusação ao mesmo tempo sutil e descarada.

〰〰

Voltamos juntos da escola, cada um numa calçada, nos ignorando mutuamente. Faltando poucos metros para chegarmos em casa, desacelerei o passo para que João fosse na frente. Dona Generosa abriu a porta. João entrou. Recebeu um cafuné da vó. Floco também estava ali, esperando pelo pai. João abraçou nosso filho. Os dois sumiram para dentro da casa como se eu não existisse. Esfreguei as solas do meu sapato no "Welcome" e entrei também.

Encontrei João sentado à mesa da cozinha, com a cara mais normal do mundo. Um cotovelo apoiado na mesa e o outro no encosto da cadeira. Entornou um copo de suco de laranja e sorriu para mim.

– Ah, oi! – eu disse, assustada.

Que João estivesse na cozinha só podia significar uma coisa: ele tinha lido a carta. Não sei o que deu em mim que nem tirei a mochila das costas, nem fui lavar a mão, nem me sentei à mesa. Dona Generosa passou por mim, abriu a porta do forno e tirou um frango com batatas. O cheiro estava indescritível de bom.

– Com licença – ela disse ao passar na minha frente com a travessa.

Continuei totalmente paralisada. Havia quatro pratos na mesa.

– Vamos ter visita? – perguntei.

– Vamos – João respondeu. – Ele já deve estar chegando.

Dona Generosa colocou o arroz, o feijão e a salada à mesa.

– Você atende, João? – ela disse.

João se levantou e foi em direção à porta. Eu não tinha ouvido campainha nenhuma. Minutos depois, João voltou e puxou a quarta cadeira. Dona Generosa olhou para a cadeira e disse:

– Boa tarde, doutor Ulisses. Posso servi-lo?

Ela pegou o prato e fingiu que colocava um tanto de salada, uma colher de arroz, uma colher de feijão, um pedaço de frango e algumas batatas. Retornou o prato para o lugar, em frente à cadeira vazia.

– Então, Cássia. Nós convidamos o doutor Ulisses pra almoçar com a gente, pra que ele dê um encaminhamento naquele assunto – dona Generosa disse.

Eu tirei a mochila das costas e me sentei. Minhas pernas tremiam.

– Que assunto? – perguntei.

– Entrei com um pedido de divórcio – João respondeu.

Ele tinha lido a carta.

– Não vai se servir? – dona Generosa me perguntou.

Peguei umas rodelas de cebola e botei no prato. Os dois já estavam comendo.

João ficou olhando para a cadeira vazia ao meu lado, enquanto mastigava. Fez movimentos de cabeça, e soltou uns barulhinhos bobos de "arrã". Então dona Generosa começou a fazer a mesma coisa. Daí, do nada, ela falou:

– Que notícia maravilhosa, doutor Ulisses. Isso é tudo que queríamos ouvir, né, meu bem?

Dona Generosa pousou sua mão em cima da mão do João, e os dois se olharam de um jeito bizarro.

Enfiei uma rodela de cebola na boca.

– O senhor acha que podemos marcar o casamento pra maio? – João perguntou para a cadeira vazia.

Dona Generosa levou as mãos ao peito e piscou os olhos feito asinhas de borboleta. Fui ficando com medo.

– Vocês vão se casar? – eu falei para colocar um fim naquilo.

Os dois assentiram.

Finquei meu garfo num pedaço de peito de frango. Peguei arroz, feijão e batatas. De repente bateu uma fome monstruosa, acompanhada de uma vontade de ignorar qualquer coisa que não fosse meu prato de comida.

— Descobri que prefiro mulheres mais velhas — João disse.

De novo, fingi que não era comigo.

— E eu sempre gostei dos jovenzinhos.

Dona Generosa deu uma beijoca estalada na bochecha do João. Ele olhou feio para ela. Eu baixei os olhos.

— O doutor Ulisses disse que podemos assinar os papéis hoje mesmo — João disse.

— Ah, que ótimo — respondi.

— Se estamos todos de acordo, podemos resolver isso hoje mesmo — João reiterou.

— Posso terminar de almoçar primeiro? — perguntei.

— Claro — João e dona Generosa responderam ao mesmo tempo.

Terminei de almoçar, segurando uma vontade quase incontrolável de chorar. Mas segurei. João e dona Generosa repetiram o prato e ficaram num papo bem nada a ver sobre seus planos para o futuro. Partilha da herança do tio Germano e ideias mirabolantes que me pareceram ao mesmo tempo tontas e ofensivas.

Depois que terminaram, os dois deixaram seus pratos na pia. Dona Generosa botou água para ferver e se encostou no balcão, esperando. Seguiu conversando com o doutor Ulisses. João foi brincar com Floco. Dona Generosa disse umas abobrinhas. Daí ficou quieta, olhando para a cadeira vazia. Soltou umas risadas forçadas de vez em quando. Eu lavei a louça toda porque precisava me concentrar em alguma coisa real. Eu me recusava a entrar naquela brincadeira idiota. Quando retirei o prato do pseudo-doutor-Ulisses, fiz com que o garfo e a faca atravessassem seu corpo de propósito. Dona Generosa pediu mil desculpas por isso e disse que eu ainda estava em estado de choque. Daí começou a falar sobre como devia estar sendo difícil para mim, e outras bobagens do tipo.

O café ficou pronto e fomos para a sala. João trouxe uma pasta. Dona Generosa serviu quatro xicrinhas de café e João me entregou a pasta. Pediu que eu lesse. Dentro, havia duas folhas. Reconheci a caligrafia do João. Era um pedido de divórcio mesmo. Listava, inclusive, os motivos pelos quais ele queria se separar de mim. Fechei a pasta e perguntei se eu podia levar para casa. Queria ler com calma e consultar meus advogados. Pensei em dizer que, na verdade, meu advogado era o doutor Ulisses, de quem eles tinham se apropriado. Mas não quis complicar ainda mais.

Dona Generosa lhe perguntou o que ele achava.

– Pode ser, doutor Ulisses?

Daí ela ficou olhando para o encosto do sofá, ao lado de onde eu estava sentada.

– Tudo bem, mas amanhã é a data limite – João disse.

– Amanhã eu tenho balé.

João virou os olhos, numa expressão de desprezo.

– Vocês dois conseguem esperar até quinta? – perguntei num tom sério.

Eu só queria um tempo para ler com calma, e que não fosse ali, com os três olhando para a minha cara.

João se levantou e chamou Floco. Saiu da sala emburrado. Isso fez com que eu me sentisse um pouquinho melhor.

— 129 —

CASULOS

Somente à noite, em casa, depois que meus pais foram dormir, é que eu abri a pasta. A caligrafia era caprichada. Não do jeito caprichado para uma redação de escola, mas num estilo rococó. No topo estava escrito "Pedido Formal de Divórcio Irrevogável, Irreversível, Inegociável e Derradeiro". Em seguida vinha o seguinte texto:

João Augusto Araújo Nunes vem por meio desta declarar seu desejo urgente de se divorciar de Cássia Bojunga Garcia para todo o sempre.

Então vinha uma lista de justificativas. Li as duas primeiras e na terceira já quis largar o papel, assinar logo as duas vias e acabar com aquilo. Assinei. Desliguei o abajur, cobri a cabeça com o cobertor e me enrodilhei feito um tatu-bola, num esforço de pensar em qualquer outra coisa que não aquilo.

Minutos depois eu estava lendo o resto da lista. Os motivos incluíam preocupação com a sanidade mental da cônjuge (eu), coerção para compactuar com um relacionamento indesejado, invasão de privacidade e assédio moral. Ao final, havia uma cláusula que pedia guarda exclusiva do nosso filho. Eu não ganhava nem mesmo o direito de visitas aos finais de semana.

Li e reli o documento não sei quantas vezes. Tive vontade de anexar uma resposta me defendendo. Depois quis rasgar o papel. Pensei em ligar para a casa deles. Era uma da manhã. Não liguei. Considerei acordar meus pais e mostrar o documento para eles. Não os acordei. Tomei água. Fiz um sanduíche. Liguei a televisão. Voltei para a cama e fiquei olhando para a parede.

Minhas velhas bonecas continuavam sentadinhas, lado a lado, na última prateleira da estante. Eram cinco: Carolina, Catarina, Camila, Camélia, Célia. Estavam meio empoeiradas. Trouxe-as para a cama. Peguei Celinha no colo, a caçula. Ela tinha uma mamadeira e chupava o dedão. Apertei-a bem apertado e ficamos um tempão assim, num longo abraço. Depois a acomodei no meio das cobertas e peguei a próxima. Fiquei um bom tempo com cada uma no colo, relembrando o dia de seus nascimentos, o dia em que aprenderam a andar e falar. Lembrei de todas as noites de Natal que passamos juntas, das viagens de férias, e da preciosa companhia que me fizeram em dias de chuva. Então peguei uma tesoura e um rolo de tule que ficava no topo do armário. Cortei cinco pedaços do mesmo tamanho e embrulhei uma por uma, feito bebês-múmia. Lacrei as mumiazinhas com uma fita cor-de-rosa e um lacinho. Ficaram parecendo casulos de crisálidas. Fui até a lavanderia e peguei a maior caixa de papelão que encontrei. Acomodei minhas filhinhas dentro dela. Senti uma pontada no coração. Mas sabia que estava fazendo a coisa certa. Só não consegui fechar a caixa. Antes, precisei escrever uma carta para elas. Expliquei os motivos que me levavam a fazer aquilo. Pedi desculpas e agradeci. Coloquei a carta dentro da caixa e aguardei uns minutos antes de fechar a tampa. Achei importante guardar esses minutos de silêncio. Foi quando avistei, na quina do quarto, a cabeça sorridente do palhaço do João. Voltei para a cozinha e peguei uma faca. Perfurei o balão de gás hélio, mirando bem no nariz vermelho. O sorriso do palhaço se enrugou numa tripa morta. Amassei o resto do balão numa bola apertada e taquei junto dentro da caixa. Então a fechei e lacrei. Com um marcador preto e grosso, escrevi "Infância" e levei para a lavanderia. Depois dormi, dando o assunto por resolvido.

Acordei com um chacoalhão. Era minha mãe, nervosa porque eu tinha perdido o horário. Pulei da cama assustada, tomei um banho de dois minutos, vesti o uniforme e calcei o tênis. Minha mãe gritava o tempo todo, pedindo para eu acelerar. Vi a pasta na mesinha de cabeceira. Enfiei o documento assinado na mochila. Não tomei café da manhã. Entrei correndo na sala de aula e me sentei na carteira. A aula já tinha começado. Abri o caderno e só então me dei conta de que, na correria, nem tive tempo de pentear os cabelos. Ouvi risadinhas à minha volta e alguns comentários maldosos.

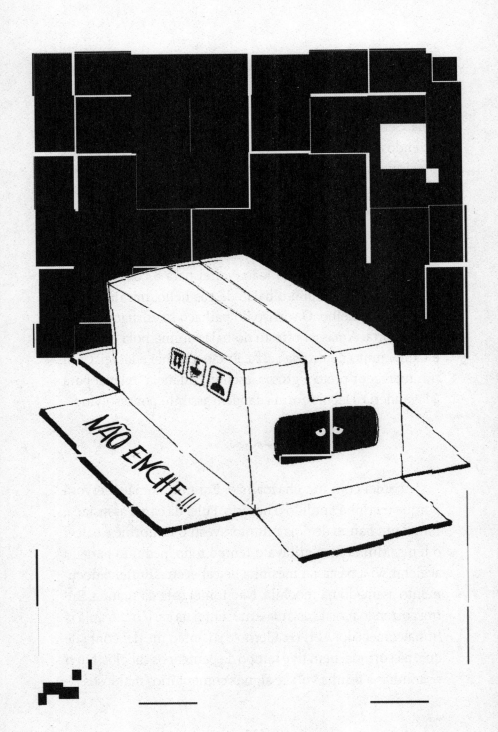

O BERRO

Na hora do recreio, fui para a ala das freiras. Irmã Luzia me recebeu com seu jeito feliz e com um leve toque de tristeza por tudo o que estava acontecendo na África. Mesmo assim estava feliz por eu estar lhe fazendo uma visitinha. Ela segurava um terço nas mãos. Convidou-me para rezar com ela. Na verdade, eu só queria um lugar tranquilo para ficar, que fosse longe das minhas amigas ou de qualquer pessoa que tivesse a mesma idade dolorosa que eu. Ela compreendeu, disse que podia ficar ali, sim. Eu tinha levado um livro para me entreter. Então ela retomou o terço e eu fiquei sentada na sua escrivaninha, a mesma onde dias antes eu havia escrito a carta para João. De início, não consegui me concentrar na leitura por causa da ladainha da reza. Mas de pouco em pouco a ladainha foi virando um suave pano de fundo, e pude mergulhar na aventura de um grupo de meninos que sobrevivem a um naufrágio e vão parar numa ilha deserta. Dão um jeito de sobreviver sozinhos, sem a supervisão de adultos. *O Senhor das Moscas* era o nome do livro. Era apavorante. Não tanto pelo desafio da sobrevivência numa ilha deserta, mas pelas histórias do que crianças são capazes de fazer quando não existe nenhum tipo de autoridade para refrear seus impulsos. Na companhia da irmã Luzia, eu me sentia refreada. A pasta com os papéis do divórcio continuava na mochila. As duas vias assinadas e rubricadas. Eu bem que podia entregar para João e dar o assunto por resolvido. Mas preferi fazê-lo aguardar até o dia seguinte para que ele ficasse bem agoniado e ansioso, porque todo o amor que um dia senti por ele havia se transformado em desejo de vingança.

Irmã Luzia encerrou o terço com uma salve-rainha. Fechei meu livro e juntei-me a ela.

Salve Rainha, mãe de misericórdia. Vida, doçura e esperança nossa, salve! A vós bradamos, os degredados filhos de Eva. E a vós suspiramos, gemendo e chorando neste vale de lágrimas. Eia, pois, advogada nossa, esses vossos olhos misericordiosos a nós volvei. E depois deste desterro, mostrai-nos Jesus, bendito fruto do vosso ventre. Ó, clemente! Ó, piedosa! Ó, doce sempre, Virgem Maria. Rogai por nós, Santa Mãe de Deus, para que sejamos dignos das promessas de Cristo. Amém, Jesus, Maria e José.

– Amém – ela disse.

– Amém – eu ecoei.

Nós nos despedimos e não senti que precisava lhe explicar por que eu tinha optado por passar o recreio ali, longe das minhas amigas, rezando. Ela também não perguntou. Talvez não tenha lhe parecido uma opção tão ruim. Voltando para a sala de aula, me pareceu uma opção até que sensata. Eu havia reprimido o impulso de atacar um colega de classe no meio do pátio da escola. Agora voltava para a minha carteira como se não houvesse nenhum furacão girando dentro da minha garganta.

∿∿

À tarde, na aula de balé, a professora começou a aula com uma demonstração do tipo de delicadeza e suavidade que todas deveríamos desenvolver a cada movimento dos braços. Nossos braços, segundo ela, deveriam ser tão leves quanto plumas. Enquanto falava, ela gesticulava com os braços para o alto, à frente do corpo, atrás das costas, como se estivesse dentro de um lago, como se ela própria fosse uma sílfide. Ela pedia que apenas olhássemos enquanto seus braços meio que flutuavam, meio que boiavam.

– Percebem?

Ela fechou os olhos e tombou a cabeça para trás. Era branca, bem pálida, e seus braços agora pareciam ter vida própria. Toda ela era leve, magra, adulta sem ser velha, loira e bonita sem ser sexy. Ela tinha um aspecto de pureza. Pediu que compartilhássemos as palavras que nos vinham à mente. Uma menina disse "água", outra disse "brisa", outra disse "pétalas", outra disse "sopro".

– Cássia?

Eu era a única que não tinha se pronunciado. Sem abrir os olhos, ela seguiu com seus longos braços flutuando com vida própria, agora caminhando pela sala, na ponta dos pés, inspirando fundo e expirando bem devagar. Algumas meninas começaram a imitar seus movimentos enquanto fiquei olhando aquilo e me perguntando o que eu estava fazendo ali.

— Cássia? — ela repetiu.

Subi nas pontas dos pés e me forcei a gesticular os braços que nem todo mundo. Lembrei do meu pai, que tinha sugerido que eu fizesse caratê, e percebi como ele tinha razão, porque minha única vontade era poder enrijecer bem meus músculos, concentrar toda minha força, dar um berro e mandar um golpe de pé, mão e pé, numa sequência mortal.

— Cássia, um sentimento, um verbo...

— Arrependimento — eu disse.

— Sim... que mais?

Ela esvoaçou em torno de mim, segurando na ponta dos meus braços e pedindo que eu relaxasse.

— Esburacar — falei.

Ela abriu os olhos e me encarou com jeito de quem não tinha entendido nada. Largou meu braço e mandou que eu fosse para a barra treinar pirueta tripla.

Marchei até a barra. Antes de começar meu treino, segurei a barra e ergui meu corpo do chão, apenas com a força dos meus braços. Mantive-me suspensa, pelo máximo de tempo que consegui, para mostrar que, mais que delicadeza, o que eu estava precisando naquele momento era firmeza, rigidez e superação.

A professora pediu que eu voltasse para o chão. Obedeci. Minhas colegas riram baixinho. Armei a posição de pirueta e executei a primeira, que obviamente não saiu como desejado.

— Tem que manter a cabeça no lugar. Só o corpo que gira.

A professora se posicionou na minha frente, estendeu o braço esquerdo ao longo do corpo, curvou o direito à frente do peito, fez um movimento com a ponta dos pés. Inspirou. Dobrou os joelhos levemente. Encarou um ponto no infinito. Fixou o olhar como se o tal ponto fosse um alvo e ela uma seta. Daí, num *zás*, rodopiou três vezes e voltou ao ponto de partida com absoluta precisão. Sua cabeça, de fato, mal saiu do lugar.

Em vez de servir de estímulo para mim, eu tive a confirmação de que aquilo estava além da minha capacidade. Minha cabeça saía do lugar toda vez, não apenas na hora da pirueta, mas no meu dia a dia, e isso estava se tornando um problema na minha vida.

Terminada a aula, a caminho do vestiário, ouvi um berro vindo de uma das salas do antigo casarão.

— *Presencia, pelo amor de Dios!*

A porta estava aberta. Parei para olhar.

Avistei uma mulher batendo a ponta de um bastão no chão. Ela usava meia-calça preta, *collant* preto e um longo xale vermelho amarrado na cintura. O xale tinha rosas douradas bordadas. Por cima do *collant* usava um casaquinho trespassado na frente do corpo, valorizando seus seios. No pescoço, um medalhão dourado. Ela sacou um par de castanholas acima da cabeça e fez uns movimentos impressionantes. Soltou um berro irado que encaixou perfeitamente na música. Lançou um olhar perverso para as três alunas plantadas à sua frente e disparou a sapatear em roda pela sala com movimentos violentos. Seu nariz era imenso, mas ela empinou o queixo de tal maneira que, como num passe de mágica, tornou-se linda. Tudo nela impunha respeito, a começar pelo nariz imenso.

Assisti à demonstração do passo e ali mesmo tomei minha decisão. Aquele era o tipo de dança que ia me salvar. Imaginei aquela mulher entrando na cozinha da dona Generosa, atirando os papéis do divórcio em cima da mesa com um gesto brusco, seguido de um floreio de castanhola. Depois saindo de cabeça empinada, com seu nariz imenso, linda e vitoriosa.

Fui direto para a secretaria e pedi a transferência imediata para o curso de flamenco. Descobri que o nome da professora era Olenka. Era espanhola. A secretária disse que eu não ia aguentar. A maioria das meninas desistia na segunda aula.

— Eu aguento — respondi.

— Mas você não vai poder largar o clássico. O clássico é obrigatório. Flamenco é um complemento.

Respondi que ok, eu faria qualquer negócio para aprender com Olenka.

— Tem certeza? — a secretária perguntou.

Ela me ofereceu uma balinha. Em cima da mesa havia um cachepô de vidro cheio de balinhas. Peguei uma de pimenta e reiterei que sim. Eu queria me transformar em Olenka. Ela deu de ombros.

— Então tá... — ela suspirou. — Depois não vem dizer que eu não avisei.

~~~

Chegando em casa, informei meus pais da minha decisão. Os dois reagiram com surpresa. Passaram pelo processo de tentar entender minhas motivações, conversar a respeito, conversar entre eles, mas no fim concordaram. Foi tudo bem rápido porque insisti que queria começar imediatamente. Em qualquer outra ocasião, o assunto teria se alongado por dias e dias.

Já que era para dançar, que fosse uma dança forte, que fizesse com que eu sentisse o sangue correndo em minhas veias, eu disse como argumento final.

— Tem certeza que você não prefere caratê? — meu pai sugeriu.

Não, eu não queria sair lutando com ninguém. Eu preferia adotar a atitude intimidante para que ninguém jamais ousasse me desafiar.

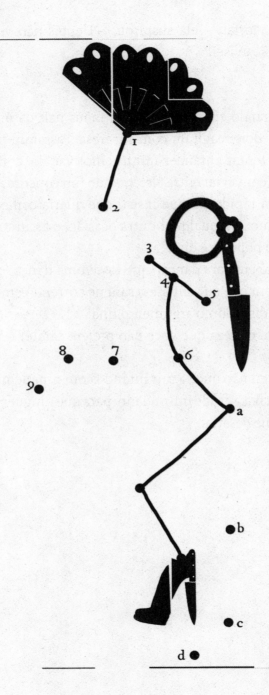

RACIONAL COMO QUALQUER PESSOA NORMAL

Na manhã seguinte, inspirada em Olenka, mudei o modo como penteava os cabelos. Adeus, tiaras com lacinho ou fivelas de glitter. Dividi os cabelos ao meio. Uma risca bem definida. Fiz um rabo de cavalo simples, sem firula. Sem elástico com penduricalhos. Vesti meias brancas, lisas. Sem sapinho verde, sem estrelinha, sem nada. A ideia era ser uma pessoa normal, guiada por uma mente racional.

No recreio, fiquei com minhas amigas e dei risada quando era para rir, ouvi reclamações e ajudei a reclamar junto, fingindo que nada fora do comum estava acontecendo dentro de mim. Minhas amigas aprovaram minha aparente normalidade. Nossa amizade nunca tinha sido profunda como a de João e Ulisses, e me surpreendi em ver como foi fácil enganá-las. Nem mesmo a ausência de five- linhas e meias infantis chamou a atenção. Notei então que várias meninas já tinham abandonado esse tipo de boba-gem. Assim como elas não repararam, eu também nunca reparava direito nelas. Isso me deixou um pouco triste. Ao final do recreio, eu estava calada e pensativa.

João, como de costume, me ignorou o dia todo. Os boatos em relação a nós já iam silenciando. No Coração de Jesus, boatos nunca duravam mais de dois dias. Assim que surgia uma nova fofoca, esquecíamos das anteriores. Se por um lado isso era bom, por outro, confirmava a sensação de que ninguém se importava com ninguém.

Na volta da escola, deixei que João fosse andando na frente, do outro lado da calçada, sem importuná-lo. Durante um momento, enquanto ficamos parados, cada um na sua esquina, aguardando o sinal fechar para podermos atravessar, tive a impressão de que ele olhou para mim. Olhei de volta, mas ele estava com a cabeça erguida, olhando para a copa de uma árvore. Olhei também. Não havia nada para ver ali, nenhum pássaro, nenhuma casa de marimbondo. Em seguida ele olhou para o outro lado e começou a assoviar de um jeito tão dissimulado que atravessei a rua antes mesmo de o sinal fechar. Um carro buzinou para mim, e eu respondi com um aceno de braço que dizia tudo.

Quando chegamos à porta de casa, enquanto aguardá-vamos dona Generosa atender à campainha, ele soltou um comentário.

– Você está diferente – disse.

Só respondi com um aceno de cabeça afirmativo.

Ele deu um sorrisinho para mim. Em seguida, a porta se abriu, Floco veio correndo pelo corredor, derrapou no piso recém-encerado e bateu em cheio nas pernas do João. Os dois se abraçaram. Eu só consegui fazer um afago rápido na orelha dele. Dona Generosa me cumprimentou do jeito de sempre.

– Entra.

$$\sim\!\sim$$

Havia quatro pratos na mesa. Só que dessa vez eu não perguntei se teríamos visita justamente porque os dois estavam com cara de quem esperava a pergunta. Então ignorei o quarto prato e me sentei no meu lugar de sempre. Dona Generosa pediu para João atender à campainha justo quando ele ia dar a primeira garfada no delicioso suflê de couve-flor. João bufou e disse "ok". Voltou, sentou-se e começou a comer enquanto ela fez o prato do doutor Ulisses. Durante o almoço todinho ela ficou conversando com ele, contando os planos para o casamento. A lua de mel seria em Cancun e a cerimônia seria para poucas pessoas, mas ela fazia questão de um vestido rosa bem clarinho, do mesmo modelo que a mãe dela tinha usado. Não seria branco porque João era um homem divorciado, então ficaria meio inadequado. Mas por ela tudo bem porque ela acreditava que todos merecem uma segunda chance na vida. Aparentemente, o doutor Ulisses concordava com tudo que ela dizia.

– Para, vó – João disse lá pelas tantas.

Mas ela insistiu.

– Desculpa, amor. É que estou muito feliz por nós.

Sua voz era a caricatura ruim de uma mocinha apaixonada. Ela perguntou se o doutor Ulisses gostaria de repetir o prato. Em resposta ele deve ter falado algo sobre perder peso, pois em seguida ela falou que ele estava ótimo, com uma aparência saudável e não devia se preocupar com isso. Eu me levantei para recolher os pratos e lavar a louça, enquanto Dona Generosa botava água para ferver, para o cafezinho.

– Cássia, o doutor Ulisses está perguntando se você trouxe os papéis assinados – ela disse.

Respondi que sim e ela bateu palminhas. João virou os olhos e bufou de novo. Disse que esperaria a gente na sala, e levou a bandeja com quatro xicrinhas.

Terminei de lavar a louça, enquanto dona Generosa seguia falando sozinha. Agora que o neto não estava por perto, ela deu mais detalhes do casamento. Haveria violinos e crianças vestidas de cupido, uma carruagem e chuva de pétalas, uma canoa e um chafariz de champanhe. Quando ela disse que o champanhe viria da França, e que seria um presentinho do tio Germano Goldberg, eu não me aguentei. Disse que isso era impossível porque ele já estava morto.

Dona Generosa respondeu que ele tinha deixado tudo planejado antes de morrer; coisa que não fazia o menor sentido, então preferi ignorar.

Quando cheguei à sala, João já estava sentado na poltrona, com uma pasta no colo. Tirei os documentos do divórcio da mochila e coloquei em cima da mesinha de centro, pronta para botar um ponto final naquela farsa boba.

João abriu a sua pasta e tirou um envelope que reconheci na hora. Ele o colocou em cima da mesinha, ao lado dos documentos.

Dona Generosa entrou, acompanhada do doutor Ulisses, e serviu café para todo mundo. Ela pegou os documentos e conferiu minha assinatura.

— Perfeito! — disse.

Entregou o papel para João, que assinou também, as duas vias.

— Eu também assino? — ela perguntou para o doutor Ulisses.

— Claro que não, né, vó! — João respondeu.

— Amor, eu não gosto quando você me chama de vó. Eu me sinto tão velha.

— Bom, então acho que é isso, né? — João disse, já se levantando.

— E esse envelope aí? — dona Generosa perguntou.

João respondeu que era para mim, embora estivesse escrito, para quem quisesse ler, "Para João", com a minha letra. Falou que eu podia pegar de volta. Mas eu não quis.

— Fica com você — eu disse.

João disse que não queria.

— Eu também não quero — eu falei.

Ficamos os três em silêncio, até que dona Generosa perguntou ao doutor Ulisses o que ele aconselhava nesses casos. Ela ouviu com atenção e pelo jeito a resposta foi longa e complexa. Daí ela estirou a mão em direção à carta e João soltou um berro.

— Não!

Dona Generosa congelou. A ponta dos seus dedos quase tocando a carta.

— Então pega você! — ela disse.

— Eu não quero! — ele respondeu erguendo a voz.

— Então eu pego! — ela disse.

João catou a carta e enfiou atrás das costas.

Dona Generosa ergueu as mãos para o alto num gesto de "desculpa aí".

João voltou a insistir para eu pegar a carta de volta. Esticou o envelope na minha direção. Cruzei os braços e disse que não.

— Se você não quer, joga fora — eu disse.

— Eu não vou jogar no lixo — ele resmungou.

— Então guarda! — eu retruquei, irritada.

— Mas eu não quero! — ele respondeu, irritado igual.

— Então deixa aí! — eu disse.

— Daí minha vó vai pegar!

João estava ficando bem nervoso.

— Se ela ler, leu, ué — respondi num tom de "tanto faz".

João catou a carta e enfiou no bolso.

— Se você não quer jogar no lixo, queima — eu disse.

João ficou olhando para a minha cara e eu o encarei de volta. Ele não desviou o olhar e eu também não. Daí ele balançou a cabeça de um jeito que para mim não quis dizer nada. Levantou-se e voltou para a edícula, levando a carta. Dona Generosa recolheu as xicrinhas de café e foi acompanhar o doutor Ulisses até a porta.

Eu me fechei na sala e não consegui me concentrar em coisa alguma, a tarde inteira. Só me perguntava se algum dia, no futuro, eu também receberia uma carta de amor escrita com o mesmo grau de paixão, desprendimento e verdade. Eu só queria ter uma bola de cristal para poder saber, pois, caso a resposta fosse não, era melhor ter pegado a carta de volta. Eu já me sentia arrependida por não ter tirado uma cópia. Caso eu nunca recebesse uma carta tão apaixonada quanto aquela, ao menos teria uma recordação do meu lado da paixão. Então lembrei de Olenka e abri o livro de Matemática. Comecei a estudar com um renovado senso de realidade, porque a verdade é que na minha família nunca houve casos de herança milionária. Nenhum tio Germano Goldberg ia surgir do além. Se eu tinha algum desejo de viajar o mundo e ser uma apoiadora das artes, eu teria que tratar de fazer minha própria fortuna.

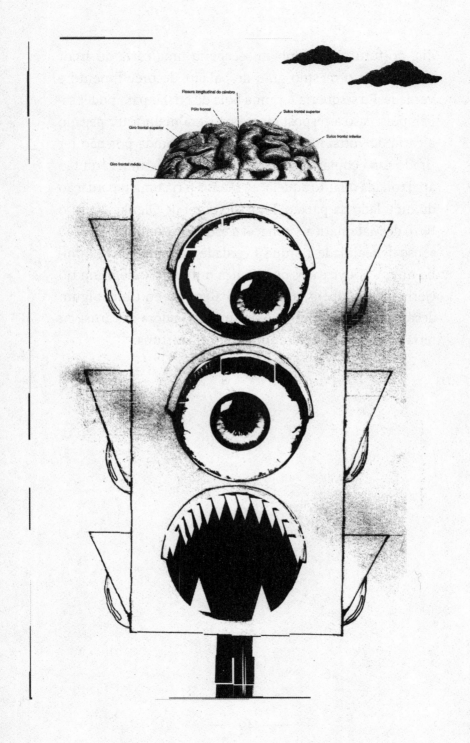

SENSÍVEL COMO
UMA FACA AFIADA

Acordei pronta para a minha primeira aula de flamenco. Pronta no sentido existencial. Tomando café da manhã com minha mãe, notei que até minha postura estava diferente. Costas mais esticadas, pescoço mais erguido. Era uma preparação, certamente.

— Cacá, ontem eu estava conversando com uma amiga... Aquela que tem uma filha que fez balé durante nove anos. Lembra?

Sim, eu lembrava.

— Então, comentei sobre a sua vontade de fazer aulas de flamenco e ela disse que é bom você ir preparada...

Perguntei o motivo e minha mãe discorreu longamente, desde o café da manhã até a porta da escola, sobre Olenka e os traumas que ela causou em inúmeras meninas que, como eu, tinham o sonho de aprender uma dança diferente e acabaram nas garras de uma louca que apavorava tanto suas alunas a ponto de muitas terem de fazer terapia depois.

— Credo, mãe!

— Só estou avisando porque eu sei que você é uma menina sensível.

— Eu não sou sensível!

— Cacá, não é ruim ser sensível.

— Mas eu não sou.

Nossa conversa não terminou bem. Eu não queria ser sensível. Passei o resto do dia me sentindo supermal por ter sido grossa com a minha mãe e por me dar conta de que talvez eu fosse, sim, um pouco sensível.

E se fosse, esse era mais um motivo para fazer aulas com Olenka.

∿∿∿

Estava tão ansiosa para me transformar em Olenka que cheguei quinze minutos antes do horário da aula. A porta estava aberta e Olenka já estava lá. Mas ela não me viu entrar. Ela ensaiava uma coreografia que obviamente não era para nós. Era uma coisa de bailarina experiente. Ela tinha uma faca na boca, presa entre os dentes. Seus braços estavam estirados para o alto, tocando castanholas loucamente, enquanto martelava o piso de madeira com as plaquinhas de metal dos seus sapatos com visual retrô, vindos de um mundo muito mais romântico, de uma época em que mulheres usavam sapatos austeros, em vez de tênis ou sandalinhas de tira de couro.

Ela estava maquiada, com batom vermelho, sombra escura nos olhos e lápis bem carregado, de modo que seus olhos se tornavam duas pedras preciosas e intimidantes. Tudo em Olenka era intimidante. Em vez do *collant* preto com xale amarrado na cintura, como da primeira vez que a vi, ela estava com um vestido vermelho, justo e longo, com fitas pretas de cetim como acabamento de três faixas de babado, abaixo do joelho. Havia uma fenda lateral que ia até quase o quadril, com uma flor como arremate. A manga era comprida e justa até a altura do cotovelo, e daí vinha uma sequência de babados. Seus cabelos estavam presos no lado esquerdo e soltos do lado direito. Do lado esquerdo havia uma rosa vermelha, imensa. Olenka arrancou a faca da boca num gesto brusco. A música pausou subitamente. Agora, tudo que se ouvia era o *toc-toc-toc* dos seus saltos. Encarando o espelho, ela caminhou feito uma onça, com um olhar feroz. Apontou a faca para um ponto no infinito. Bem abaixo desse ponto, era o lugar onde eu estava sentada. Encolhi as pernas para junto do meu corpo e me achei uma tonta por ter me sentado bem ali, quando podia ter ficado num canto. Ela veio andando em minha direção. Para cada *toc* do seu salto, minha respiração foi cessando. Havia marca de batom na faca apontada acima da minha cabeça. Então ela soltou um berro insano e ergueu a faca. Eu fechei os olhos, afundei a cabeça no meio dos joelhos e me segurei para não berrar junto. Mas no fim ela não me matou.

– *Levántate* – ela disse.

Eu me levantei e ela perguntou quem eu era. Expliquei que eu era a transição entre menina e mulher.

– *Tu nombre* – ela disse, ignorando minha resposta anterior.

– Cássia – respondi.

Ela pediu que eu explicasse melhor o lance da transição. Contei que havia tido uma desilusão amorosa e por isso queria aprender flamenco. Era a primeira vez que eu falava sobre isso com alguém. Mas olhando para aqueles olhos pintados e para aquele vestido vermelho deslumbrante, achei que ela teria capacidade de entender. Falei que tinha terminado e não havia chance de voltar atrás. Ela abanou a mão, dando a entender que a ideia de voltar atrás era absurda, que mesmo tal menção era ridícula. Concordei.

– Enfim, daí eu resolvi que precisava mudar de vida – eu disse.

Olenka me encarou e franziu a boca, numa expressão de quem comeu e não gostou. Eu me corrigi. Falar em "mudar de vida" também me soou melodramático. O franzido da sua boca confirmou isso. Expliquei que eu tinha começado balé clássico, mas estava quase morrendo de tédio com aquelas musiquinhas de piano, tudo quadradinho e certinho, sentindo-me uma coisa dura e rodopiante numa caixinha de música boboca, feito uma atração de circo, sem conseguir expressar a minha dor.

– Há! – ela meio que gritou.

Pela cara de Olenka, ela pareceu satisfeita com a minha explicação. Ela me pegou pelos ombros e me virou para o espelho. Eu ainda estava com o uniforme do balé clássico: *collant* e meia-calça cor-de-rosa, sapatilhas e uma sainha que cobria a bunda e olhe lá. Os cabelos presos num coque puritano. Não tinha dado tempo de comprar a roupa do flamenco. Ela me posicionou na sua frente. Mandou murchar a barriga. Murchei. Ela ajeitou meus ombros. Fincou o dedão no meio das minhas costas e puxou meus ombros para trás. Catou minha cabeça entre as mãos e ergueu. Senti um tranco. Daí girou meu corpo inteiro levemente. Então se posicionou ao meu lado e fez uma pose. Mãos na cintura, ombros para trás, peito empinado para a frente, cabeça para o alto e uma perna com a ponta do pé no chão, o calcanhar bem erguido, o joelho dobrado. Imitei com o máximo de perfeição. Ela desfez a pose e andou à minha volta. Eu segurei a pose, entendendo que ela estava avaliando minha capacidade de expressar minha dor. Inspirei fundo, fechei os olhos e, sem desmontar a pose, acrescentei sentimento. Não de dor, mas da dignidade de quem sobreviveu à humilhação de um grande amor e não se deixará abater. Olhei para o infinito e fingi que segurava uma faca afiada entre os dentes. Visualizei meus peitos fartos, minhas pernas já bem musculosas, meus novos sapatos pretos, elegantes, com salto e chapinha metálica, um par de castanholas nas minhas mãos e uma rosa imensa nos meus cabelos. Vi meus cabelos longos, encaracolados e pretos. Vi meu rosto envelhecido, com o batom vermelho, os olhos carregados de maquiagem pesada. Ouvi minha voz de mulher, mais grossa e assustadora. Talvez até de fumante. Ouvi os gritos que eu passaria a dar cada vez que me pusesse a dançar. Eu me vi apontando uma faca para minha própria imagem no espelho. A imagem tinha o poder de dar medo no meu próprio reflexo.

– Bravo! – Olenka gritou.

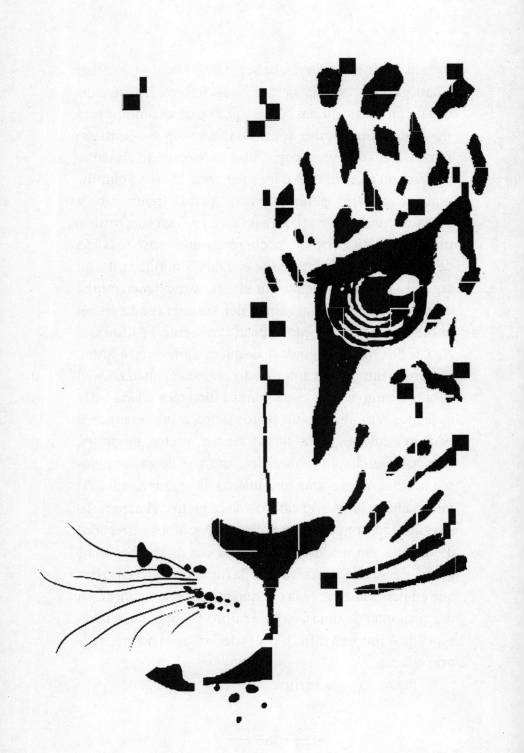

MULHERES QUE GRITAM E MULHERES QUE CAEM

A escola passou a ser um lugar onde eu recebia as informações para abastecer intelectualmente a mulher que, por dentro, eu já havia me tornado. Era difícil de explicar, e eu nem tentava. Mas todos perceberam que eu estava mudada. Para mim, era bem simples. Antes, eu era uma menininha sonhadora que brincava de casinha e se apaixonava por colegas da escola, desconsiderando a vontade deles apenas para atender a um roteiro criado pela minha própria imaginação.

Agora eu era aluna da Olenka.

Duas vezes por semana eu continuava indo para a casa da dona Generosa, com a diferença que agora João não precisava ter medo de mim. Almoçávamos juntos, sem nenhum elemento de fantasia delirante. Floco era um cachorro. Dona Generosa era apenas uma avó que mimava o neto, como qualquer avó do planeta. João era um menino recluso que aceitava os mimos da avó. Ele preferia ficar na sua ediculazinha, sem interagir comigo. Ok. Meninos demoram mais para amadurecer. Se ele se sentia encabulado na minha presença, problema dele. Eu havia lhe dado a chance de se casar comigo, libertar-se da avó, desfrutar da fortuna infinita do tio Germano Goldberg e viver a vida dos sonhos. Ele não quis e o sonho também já tinha ido pelo ralo. Tio Germano já estava morto e enterrado. Doutor Ulisses nunca mais deu as caras e eu mesma tinha outras prioridades na vida.

Antes, eu podia contar com cinco tardes livres para estudar e fazer lição de casa. Agora, eram apenas duas tardes. Nas demais, eu fazia aulas de balé clássico e flamenco. Ou eu estudava direito nessas duas tardes livres, com foco e concentração, ou então ficaria atrasada na lição de casa e nas matérias. A sala silenciosa da casa da dona Generosa acabou se tornando um excelente ambiente de estudo. Era uma caixa hermética perfeita para o que eu precisava. Estudando ali, eu me tornei supereficiente. Minhas notas melhoraram. A eficiência e o foco eram mérito da Olenka. Tudo que eu aprendia com ela, eu aplicava em todos os outros departamentos da minha vida. Isso incluiu encontrar um modelo de sutiã adequado para alguém da minha idade e dominar a técnica da maldita pirueta tripla, com perfeição, mantendo a cabeça no lugar.

Quando as pessoas comentavam que eu estava diferente, eu respondia.

– É, estou.

Se elas perguntavam o que estava acontecendo comigo, eu era direta na explicação.

– Amadureci.

Isso as desconcertava e o assunto mudava. Era ótimo.

Dona Generosa de vez em quando deixava escapar comentários rancorosos, decerto prevendo que logo mais João também passaria pelo mesmo processo que eu. Ela perderia o netinho. Ganharia um adolescente dentro de casa. A essa altura, eu já tinha me dado conta de que muitos adultos têm medo de adolescentes.

– Agora ela pensa que é uma mulherzinha – ela falava do nada.

O "ela" era dirigido a mim, como se eu não estivesse bem ali na sua frente. Tinha vezes em que eu respondia, tinha vezes que deixava por isso mesmo. Se deixava por isso mesmo, era pior. Ela ficava irritada. Se eu respondia, ela seguia falando sozinha, sem registrar a minha resposta, não importava o que eu dissesse.

Nas aulas de flamenco, Olenka nos incentivava a gritar durante a dança. Minha inibição durou uma aula. Na segunda, depois que abri a boca e gritei com vontade, como Olenka e as outras três colegas, eu me senti tão feliz que repeti o grito sozinha, com mais força. Ninguém riu de mim, como aconteceria com minhas colegas da escola. Para minha surpresa, todas ergueram suas castanholas bem alto, fizeram um floreio lindo e gritaram junto comigo. Eu tinha entrado para uma tribo. Essa tribo me dava coragem na dança, disciplina nos meus dias e confiança em tudo que eu fazia. Quando dona Generosa implicava comigo, ou soltava um comentário sem noção, eu não sentia necessidade de revidar. Ficava na minha, com um sorrisinho discreto, concentrada em seja lá o que eu estivesse fazendo.

Mas meu "não incômodo" incomodou dona Generosa. Depois de algumas semanas de maturidade, silêncio e sorrisinhos discretos, ela teve uma tarde de fúria com a enceradeira. Saiu encerando os tacos do corredor como se quisesse alcançar o centro da Terra. A barulheira foi infernal. Só que nesse dia, tive a impressão de que, caso eu não fosse lá ver o que estava acontecendo, a enceradeira entraria em curto, talvez causando um incêndio na casa, fazendo churrasquinho de todos nós. Quando abri a porta da sala e saí para o corredor, foi pior que incêndio. Encontrei dona Generosa estirada no chão, segurando a perna com as mãos, gemendo de dor, com a enceradeira rodopiando sozinha à sua volta.

∿∿

Meu pai chegou antes da ambulância e nos ajudou a acalmar dona Generosa. Ela urrava de dor, de um jeito feio. Pareciam guinchos de porco. Fiquei constrangida, sem saber o que fazer. João segurava na mão da avó, ajoelhado ao lado do corpo estendido, repetindo sem parar:

— Tá tudo bem, vó. Tá tudo bem.

Dona Generosa não tirava os olhos do meu pai, como que esperando que ele lhe desse algum tipo de diagnóstico. Meu pai segurava a cabeça dela entre as mãos, ajoelhado como o João e também repetindo que estava tudo bem. Os paramédicos iam chegar a qualquer instante. Ele pediu a ela que respirasse. Insistiu muito na importância de respirar profundamente. Mas dona Generosa só gritava de dor. Eu desliguei a enceradeira e a levei até o armário das vassouras. Enrolei o cabo de força e enganchei no suporte que ficava acoplado ao cabo, do mesmo jeito que ela teria feito. Ainda dava para sentir o cheiro do motor e da cera. Era um cheiro tão familiar e ao mesmo tempo triste. Pressenti que aquela seria a última vez que eu sentiria esse cheiro. Fiz uma oração. Pedi à enceradeira para interceder pela vida da dona Generosa. Meu corpo tremia de frio. Voltei ao corredor e não consegui me ajoelhar ao lado dela, como meu pai e João. Ela então olhou para mim e pediu um favor, chorando.

— Filha, pega minha bolsa no meu quarto. Pega uma muda de roupa no meu armário. Faz isso, filha.

Fiz que sim com a cabeça. Eu nunca tinha entrado no quarto da dona Generosa. Fui.

Havia uma colcha vermelha na cama de casal, feita de tricô. Tive certeza de que a colcha tinha sido feita por ela. Foi esquisito perceber que ela um dia havia sido jovem, tido um marido e podia até ter vivido uma história de amor. Ao lado da cama havia um porta-retrato de um casal de noivos. Precisei olhar com muita atenção para reconhecer a feição da dona Generosa na mocinha da foto. Era bem mais magra e sorria. O marido era um gato. Fiquei impressionada. Coloquei o porta-retrato de volta no lugar e abri a porta do armário. Ela tinha um monte de roupas legais, que nunca a vi usar. Tinha uma blusa azul-marinho, de seda, com bolinhas brancas, uma saia verde-água plissada, um vestido cor de salmão com manga comprida e estampa de libélulas. Tinha uma saia xadrez de lã, incrível. Perto dos sapatos, encontrei uma bolsa grande. Peguei as roupas que eu já tinha visto dona Generosa usando em casa. Roupas meio velhas e sem nenhuma graça. Abri as gavetas e encontrei suas calcinhas. Estavam enroladas em rocamboles perfeitos e organizadas por cor. Caí no choro.

— Cássia! A ambulância chegou! — meu pai gritou lá de baixo.

Soquei as calcinhas, as roupas e uma camisola dentro da bolsa. Corri para o banheiro e peguei escova de dentes, escova de cabelo, pasta de dente. Encontrei um pote de fixador de dentadura, o que só podia significar que dona Generosa usava uma. Na dúvida, enfiei o fixador de dentadura na bolsa. Desci as escadas correndo. No meio do caminho voltei porque achei que seria legal levar pantufas. Enfiei os calçados na bolsa.

— Corre, Cássia! — meu pai gritou.

Tive a impressão de estar fazendo tudo errado. Segurei o choro e lembrei da bolsa de mão que ela tinha pedido. Desci a escada correndo, tropecei, rolei por dois degraus e ralei o joelho. Comecei a chorar de novo.

— Cacá! — meu pai gritou.

— Tô indo! — gritei, segurando o choro.

Quando enfim voltei ao corredor, dona Generosa não estava mais lá. Só vi a porta da ambulância sendo fechada. João continuava segurando a mão da avó. Estava sentado ao lado dela, dentro da ambulância, mas sem chorar. Ainda repetia, sem parar, que estava tudo bem.

Meu pai voltou a entrar e disse que tínhamos que fechar a casa. Só nessa hora lembrei do Floco.

— Depois a gente volta pra ver isso — ele disse.

Enquanto ele fechava as portas e janelas, conversei com Floco. Servi um pote de ração para ele e troquei a água.

— Floco, não fica preocupado. Tá tudo bem.

Só que não estava tudo bem. Mesmo assim, era a única coisa que saía das nossas bocas. Meu pai pegou as bolsas da dona Generosa, trancou a casa e seguimos para o hospital. Ele dirigiu super-rápido e durante o caminho não trocamos uma palavra. Apenas uma hora, quando paramos num sinal vermelho, ele esticou o braço e fez um cafuné nos meus cabelos. Daí o sinal abriu e ele teve que engatar a marcha.

O ACETÁBULO

João e eu ficamos sentados na sala de espera do hospital, esperando por notícias. Meu pai sumiu lá para dentro e deu ordens expressas para que não saíssemos dali. Primeiro eu chorei baixinho. Depois João apoiou os cotovelos nos joelhos, baixou a cabeça e eu só consegui ver suas costas tremelicando. De repente ele sentou reto e assoou o nariz. Fui até o bebedouro e peguei dois copos d'água. Um para mim, outro para ele. Ele agradeceu e me deu uma espécie de sorrisinho.

— Eu troquei a água do Floco antes de a gente sair — eu disse.

— Legal, Cássia — ele disse, e de novo deu meio sorrisinho.

— E servi mais ração também.

Ele só assentiu com a cabeça e não falou mais nada. Ficamos mais um tempão em silêncio. Fiquei pensando em

— 165 —

como era estranho demais cada vez que alguém me chamava pelo meu nome inteiro, em vez de Cacá. João nunca havia me chamado de coisa alguma, e agora me chamava de Cássia. Meu nome, quando pronunciado com todas as letras, sempre me soava como um soco.

— Tenho que avisar meus pais — João disse de repente.

Quando entramos no hospital, eu tinha visto uma placa escrito "Capela". Chamou minha atenção que houvesse uma capela dentro de um hospital, mas estávamos tão atrapalhados que nem comentei aquela esquisitice. Talvez João tivesse visto também. Por isso eu apenas disse:

— Avisa, sim. Eu espero aqui.

João foi até o balcão da recepção e pediu para usar o telefone. Virou-se de costas para mim. A conversa foi bem demorada. Havia momentos em que ele só balançava a cabeça, ouvindo seja lá quem estivesse do outro lado.

Quando voltou e se sentou ao meu lado, seu tom de voz estava diferente.

— Minha mãe disse que chega amanhã cedinho.

Daí ele deu três soquinhos na própria perna, de um jeito alegre, e acrescentou:

— Estou com a maior saudade dela.

Ele se virou para mim e encostou a cabeça na minha. Eu não me mexi e nós ficamos assim, um com a cabeça encostada no outro. Tudo que eu mais queria era que os pensamentos dele aos poucos fossem migrando para dentro da minha cabeça. Eu não estava entendendo mais nada e não tive coragem de me mexer para perguntar como e desde quando ele tinha mãe. Também não entendi aquele encosto de cabeças, como se nós fôssemos amigos. Ou não. Não era bem um contato de dois amigos. Era como se fôssemos irmãos que nem precisam ser amigos ou andar juntos o tempo todo, pois já são irmãos. Então, quando surge uma situação realmente importante na vida, mesmo que não interaja muito com seu irmão, você sabe que ele estará ali para lhe dar uma força. Ao menos era assim que eu imaginava, sempre que fantasiava sobre como teria sido minha vida se eu tivesse tido um irmão. De repente, me pareceu que nada de anormal havia se passado entre nós, que eu nunca tinha me apaixonado por ele, que a gente nunca tinha discutido, que ele nunca tinha fugido de mim no meio da rua, que a gente nunca havia se tratado como dois estranhos durante os últimos meses, dia após dia.

— Onde ela está? — perguntei.

— No Rio de Janeiro. Os dois estão lá.

— Seu pai também?!

João desgrudou a cabeça da minha e se virou na cadeira. Eu me virei também e nos encaramos. Ele respondeu que sim, seu pai também estava no Rio, e me perguntou se eu já tinha ouvido falar do Rock in Rio. Nunca tinha ouvido falar. João baixou a voz, como que compartilhando um segredo. Olhou à nossa volta, conferindo as outras pessoas sentadas ali na sala de espera, e sussurrou que em janeiro ia acontecer o maior festival de rock que o mundo já viu. Seria o maior de todos os tempos. Os pais dele eram engenheiros e estavam lá trabalhando na construção de uma tal de Cidade do Rock. Seriam várias bandas: Queen, Iron Maiden, Whitesnake, Gilberto Gil, Rod Stewart, Os Paralamas do Sucesso, AC/DC, Ozzy Osbourne, The B-52s, Kid Abelha e os Abóboras Selvagens, Nina Hagen.

— A Nina Hagen vem pro Brasil? — eu disse, meio alto.

João assentiu, com um sorrisinho parecido com o de antes. Só que agora com brilho nos olhos. Eu não conseguia acreditar que as melhores bandas do planeta iam vir para o Brasil e que os pais do João, que eram vivos, estavam por trás disso, e muito menos que algo como uma Cidade do Rock estivesse sendo construído no Rio de Janeiro. Achei que era reação nervosa por causa da queda da avó. João continuou a lista.

— Barão Vermelho, Eduardo Dussek, Yes, Blitz.

— BLITZ?! — dessa vez não consegui segurar o berro. Eu não estava acreditando naquilo.

— Eu amo Blitz!

Levantei da cadeira. Tive vontade de sair pulando pelo saguão. João me puxou pela camiseta e me fez sentar. O refrão de *Você não soube me amar* começou a tocar na minha cabeça. Então, como que adivinhando meus pensamentos, João cantarolou baixinho, estalando os dedos:

— Você não soube me amar.

Ele piscou para mim e eu repeti:

— Você não soube me amar.

Daí cantarolamos os dois juntos:

— Você não soube me amaaaaaaaaaaaaaaaaaaar. Você não soube me amar.

As pessoas estavam tão acostumadas com crianças e adolescentes cantarolando aquele refrão o tempo todo que ninguém no saguão de espera estranhou. Era normal.

Mas então meu pai se aproximou e nós calamos a boca. Ele disse que dona Generosa tinha fraturado a bacia.

– O acetábulo, pra ser mais exato – ele explicou.

Explicou que ela teria que passar a noite no hospital. Ia ter que fazer muito repouso, mas não corria nenhum tipo de risco. Depois de umas sessões de fisioterapia, voltaria à vida normal. João perguntou o que era acetábulo e meu pai explicou. Eu achei a palavra engraçada e de repente fiquei superfeliz, pensando em Blitz, em Nina Hagen, no fato de João ter pais construtores de uma Cidade do Rock, feliz por ter cantado um refrão inteiro com ele, por ter um acetábulo não fraturado, e por saber que o acetábulo da dona Generosa, mesmo que fraturado, não ia lhe causar nenhum problema grave.

WHITESNAKE

QUEEN   AC/DC   IRON MAIDEN

PARALAMAS

**NINA
HAGEN**

ALCEU
VALENÇA

YES

**ACETÁBULO
DA DONA
GENEROSA**

ELBA RAMALHO

SCORPIONS

OZZY OSBOURNE

NEY MATOGROSSO

GILBERTO GIL

BLITZ   BARÃO VERMELHO

ALGO ENTRE UM EX-MARIDO E UM NOVO IRMÃO MAIS VELHO

Foi desconcertante voltar à casa da dona Generosa e encontrá-la vazia, sem cheiro de comida, com tudo quieto e sem vida. Deu uma impressão muito ruim. Mas meu pai entrou com a gente e disse para eu ir ajudar João a pegar suas coisas.

– Não precisa – João respondeu e subiu as escadas saltando de dois em dois degraus.

– É rápido! – ele gritou lá de cima.

Meus pais já haviam combinado com os pais do João que ele dormiria em casa. Eu estava achando isso bem doido, meio legal e totalmente assustador. Meu pai discou um número que estava anotado num pedaço de papel e ligou para os pais do João. Fiquei ouvindo a conversa. Foi estranho ver meu pai sentado na escrivaninha onde eu tinha passado os últimos meses estudando sozinha. Lá pelas tantas, ele deu risada de alguma coisa que o pai ou a mãe do João disse, lá do Rio de Janeiro.

— Não se preocupem com isso. João é um querido.

Fiquei me perguntando com base no que meu pai podia dizer aquilo. Quando chegamos ao hospital, durante a primeira meia hora, fiquei sozinha no saguão de espera enquanto meu pai entrou. João já estava com dona Generosa na enfermaria, ou no quarto, não sei. Durante esse tempo talvez os dois tenham conversado. Ou talvez meu pai já achasse João legal desde o dia em que o conheceu, quando chegamos com Floco. Ou pode até ter sido por causa da conversa que dona Generosa teve com eles, depois do ataque de asma. Talvez João também tenha participado dessa conversa. Ou talvez meu pai tenha tirado a conclusão de que João era legal só por ver a maneira como ele segurou na mão da avó enquanto ela ficou estirada no corredor, repetindo que estava tudo bem, mesmo que não estivesse. Isso pode ter sido suficiente. Fato é que João era um garoto bem bacana e eu era a única que não tinha enxergado isso. Fato é que eu podia descartar os últimos meses que havia passado com João. Nesse tempo todo eu não tinha aprendido nada sobre quem ele era de verdade, e agora me sentia uma trouxa.

João voltou com uma mochila nas costas e o travesseiro debaixo do braço.

— A gente vai levar o Floco, né? — perguntei.

— Pode? — João perguntou.

Podia. Levamos o Floco.

Quando chegamos em casa, eram quase dez da noite.

Minha mãe pediu uma pizza. João e eu ficamos um pouco constrangidos na presença dos meus pais. Eu mais do que ele. Mas logo dona Generosa virou o tema da conversa. João e meu pai fizeram uma reconstituição do acidente, em detalhes, para a minha mãe. Teve uma hora que João imitou a enceradeira. Ele grudou os braços ao lado do corpo e se sacudiu feito um robô descontrolado. Foi engraçado. Eu tinha esquecido desse detalhe. Depois que dona Generosa caiu, a enceradeira continuou girando sozinha pelo corredor, feito um robô macabro.

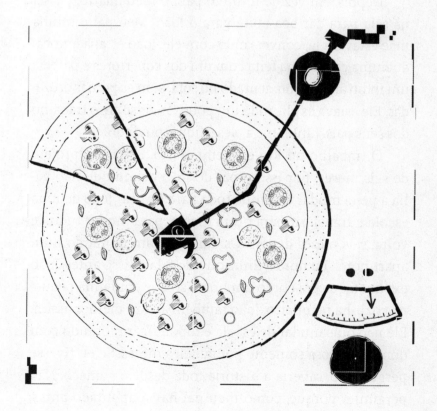

Minha mãe preparou a cama do João, no sofá-cama da sala. Trouxe cobertas e disse que ia deixar um abajur aceso para ele, caso ele precisasse ir ao banheiro à noite. João assentiu. Foi tomar banho e vestir o pijama. Quando voltou, de pijama, falei que ele podia dormir no meu quarto, se preferisse. Mas João não quis. Disse que ali estava bom. Por um instante, eu me perguntei se ele ainda tinha receio de mim, do meu amor avassalador ou que eu pudesse atacá-lo no meio da noite. Rapidinho desconsiderei esses pensamentos e fui tomar banho.

Depois, em vez de ir direto para o meu quarto, passei na sala para dar boa-noite para o João. Meu pai e minha mãe estavam lá, conversando com ele. João estava entocado numa cabaninha feita com um dos cobertores e parecia um índio americano, sentado no sofá, com as pernas cruzadas. Ele estava explicando um pouco mais sobre o trabalho dos seus pais. Juntei-me a eles e fiquei ouvindo.

O trabalho no Rio era temporário. Seria um projeto de seis meses, por isso o pai do João achou que não valia a pena mudar a família toda para lá, tirar João de uma escola e transferir para outra escola, para mudar tudo de volta, seis meses depois. Os dois estavam morando num apart-hotel. Eu nunca tinha ouvido falar nisso antes. João explicou que era como um hotel, só que com uma pequena cozinha no quarto. João também achou melhor assim. Ele não quis mudar de escola e topou ficar morando com dona Generosa somente por aqueles meses. Se eu tivesse perguntado, saberia a história toda desde o começo. Não perguntei porque, como meu pai havia apontado antes, eu vivia dentro da minha cabeça, sem fazer questão de interações reais com o mundo. Quando minha mãe disse que já estava tarde e era melhor todos irem dormir, João parecia tranquilo em relação à avó. Floco estava dormindo fazia tempo no tapetinho da cozinha, meus pais estavam cansados e eu me senti triste por ter perdido a oportunidade de ter tido um irmão mais velho durante todo o tempo que passamos juntos.

Embora tivéssemos a mesma idade, nessa noite percebi como João era bem mais maduro do que eu. Se ele aturou minhas brincadeiras de casinha, foi por me enxergar como uma menina que ainda brincava. Ele não brincava mais. Nessa noite isso ficou óbvio. Então me lembrei da Olenka, da minha recém-conquistada maturidade e achei que o melhor a fazer era ir dormir, sozinha, no meu quarto.

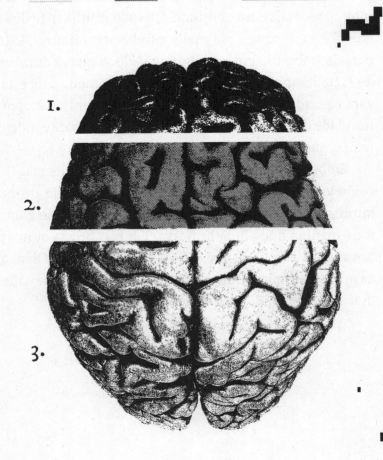

A SEGUNDA CAIXA

Na manhã seguinte, quando acordei, João já estava de uniforme, conversando com Floco na lavanderia. Nesse dia pude fazer muitos cafunés em Floco, que se jogou no chão com as patas para o alto, querendo mais afagos na barriga.

— E aquela caixa ali? — João me perguntou enquanto afagava a barriga de Floco também.

Quando perguntei qual caixa, João apontou para a pilha de caixas de papelão ao lado da lavadora. Bati os olhos na etiqueta "Infância" e entendi qual era.

— Bobagem — respondi.

João me encarou, como que esperando uma explicação melhor. Só ficou olhando, com um olhar de quem estava interessado de verdade. Então eu expliquei que havia encaixotado minha infância porque dava muita dor de cabeça. Levantei-me do chão e perguntei se ele queria um suco de laranja com cenoura e beterraba. Ele aceitou. Fui para a cozinha e ele me ajudou a fazer o suco. Fiquei tentada a comentar alguma coisa, por ele estar ajudando na cozinha, mas me controlei.

No carro, a caminho da escola, ele comentou que ia fazer uma caixa também. Soltou o comentário meio do nada. Minha mãe virou o espelhinho retrovisor para poder enxergá-lo e perguntou "que caixa"?

– Eu também vou encaixotar umas coisas de infância que acho que não têm mais nada a ver – ele disse. Daí abriu a janela de trás e ficou olhando para as pessoas na rua.

Floco também estava no carro, com a cabeça estirada para fora, orelhas ao vento.

Minha mãe me deu uma olhadela bem rápida, de canto de olho, e fez uma cara engraçada.

– Eu te ajudo – eu disse.

– Ah, legal – João disse.

Daí ele pediu para a minha mãe aumentar o som do rádio porque tinha começado uma música da Nina Hagen. A minha preferida.

Minha mãe nos deixou na escola e seguiu para a casa da dona Generosa. Ia deixar Floco e seguir para o trabalho. Depois da escola, João e eu iríamos para lá. Minha mãe nos passou várias instruções, quanto ao local em que deixaria a chave, e o almoço, e o horário previsto para dona Generosa voltar do hospital, e a combinação toda com a mãe do João, o telefone do hospital, o número do quarto... Nós só ouvimos, assentindo. No final ela percebeu que estava exage-

— 178 —

rando na quantidade de instruções, parou no meio de uma frase e disse:

— Ah, vocês não são mais crianças. Vocês vão saber o que fazer.

Nisso nós prestamos atenção.

~~~

Na escola nós nos ignoramos mutuamente numa resolução inteligente de preservarmos esse novo relacionamento que estava surgindo. Na hora do recreio fiquei com minhas amigas, e ele ficou com Ulisses. No caminho de volta para casa, caminhamos lado a lado, sem interação, porém no mesmo passo e no mesmo lado da rua, como pessoas civilizadas.

Dona Generosa ainda não tinha voltado do hospital, mas havia um recado da mãe do João na secretária eletrônica, dizendo que elas estariam em casa depois das três da tarde. Ouvindo a voz da mãe do João, tive a impressão de que ela era uma mulher ao mesmo tempo prática e carinhosa. Ela terminou o recado dizendo para João preparar aquele macarrão delicioso ao molho carbonara para mim. Em vez de *Cássia* ela se referiu a mim como *Cacá*, como se fôssemos velhas amigas.

— Você cozinha?! — perguntei espantada.

João explicou que ele sabia fazer três tipos de macarrão: ao pesto, à bolonhesa e o tal do carbonara. Ele já foi abrindo os armários da cozinha, com a agilidade de quem fazia isso todos os dias. Pegou um naco de bacon na geladeira e picou em cubinhos bem pequenos. Soltou um comentário de passagem.

— Minha vó nunca deixa eu cozinhar.

João ligou o fogo, derramou um fio de óleo na frigideira e fez uns movimentos bem ao estilo *chef* de cozinha, para que o óleo espalhasse por inteiro. Esperou o primeiro barulhinho de óleo quente antes de jogar o bacon picado. Isso me inspirou a fazer um bolo de fubá com goiabada de sobremesa. João gostou da ideia e eu também me apoderei da cozinha, agora com liberdade para fazer o bolo do jeito que eu queria, usando os utensílios que eu bem entendesse e acrescentando os ingredientes na ordem e maneira que eu achasse melhor. João terminou o macarrão antes de eu terminar o bolo e disse que o prato tinha que ser servido na hora. Eu tinha acabado de bater a massa na batedeira. Fiquei em dúvida sobre o que aconteceria se eu parasse tudo para continuar depois do almoço. Talvez a massa ficasse dura. Mas João foi taxativo. Falou que depois continuaríamos porque ele não gostava de comida fria. Foi aí que tive um vislumbre do que seria a vida de casada com ele, ou com qualquer outro, e dei graças a Deus por ainda ter muitos e muitos anos pela frente até poder considerar a possibilidade de casar com quem quer que fosse. Larguei o bolo no meio do caminho e almocei com João.

— Ficou bom! — elogiei com espanto.

Ele explicou que na casa dele, nos fins de semana, era ele quem cozinhava para os pais.

— Mas bolo eu não sei fazer — complementou.

Com isso eu me senti muito orgulhosa e disse que, nesse caso, ele ia aprender comigo. Também senti uma leve insegurança porque, embora eu tivesse feito aquele bolo duas vezes antes, nesse dia, dona Generosa não estaria ali para conferir e corrigir cada coisinha que eu fizesse.

Durante a refeição, conversamos sobre nossos professores e descobrimos que tínhamos opiniões bem parecidas sobre vários deles. Floco, sentado à porta da cozinha, acompanhava nossa conversa com uma expressão perplexa.

Repeti o prato de macarrão ao molho carbonara e resolvi que eu também faria aquele prato para os meus pais, no fim de semana. João sugeriu que a gente bebesse suco de uva e pegou dois copos de vinho. Brindamos. Ele disse.

– À nossa!

Era estranho demais não ter dona Generosa ali com a gente. Também parecia errado que a pia estivesse toda bagunçada enquanto almoçávamos, que houvesse um bolo pela metade, que não houvesse a tradicional tigela de feijão, a panela de arroz, a saladinha de cebola e algum outro prato principal delicioso. O clima estava superdescontraído, e achei que poderíamos passar a tarde ali, sentados à mesa, com a bagunça em cima da pia, sem pressa de voltarmos às nossas obrigações de lição de casa, trabalhos para a escola, leituras e redação.

– Se ela voltar mesmo, nunca mais vamos cozinhar juntos – João disse.

A não ser, claro, que um dia no futuro nós nos casássemos e tivéssemos nossa própria casa, e daí ele poderia fazer macarrão para mim sempre que quisesse, e eu aprenderia várias receitas de bolo, para nosso deleite. Mas deixamos o assunto por isso mesmo. Fui terminar o bolo, explicando a João cada etapa. Ele me ajudou, e ao final a cozinha estava bem bagunçada e suja, por conta do pacote de farinha que caiu no chão, das muitas cascas de ovos, da frigideira engordurada e da louça do almoço. Deu até um pouco de preguiça quando vimos o trabalho que teríamos pela frente.

João sugeriu que fizéssemos um cafezinho. Café era uma novidade. Dona Generosa nunca oferecia café para nós. A única exceção era nas visitas do doutor Ulisses.

– Quer tomar café na sala? – João me perguntou, numa estranha sincronia com o que eu estava pensando.

Tomamos café na sala, os dois em silêncio, até que eu criei coragem e comentei que não tinha gostado do dia em que ele e a avó trouxeram o doutor Ulisses para casa. João baixou os olhos e disse que dava para perceber que eu não tinha gostado. Pediu desculpas. Pensei em perguntar de quem tinha sido a ideia ridícula, mas achei melhor não.

– Tudo bem, passou – eu disse.

João assentiu com a cabeça e mudou de assunto.

– Você me ajuda mesmo com aquela caixa? – ele perguntou.

Antes que eu pudesse responder, acrescentou:

– Depois a gente limpa a cozinha.

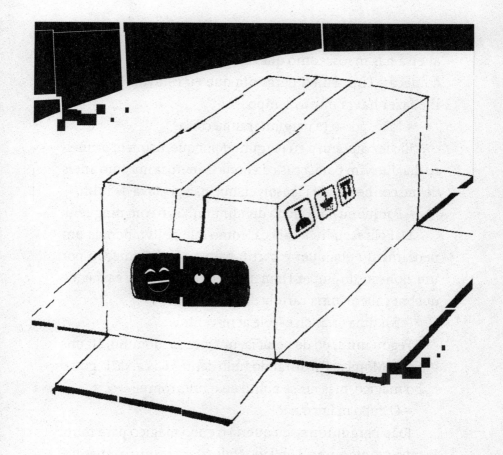

No caminho para a edícula, João pegou uma caixa de papelão na lavanderia. Essa seria a segunda vez que eu entraria ali. Reparei então nos cartazes de várias bandas na parede: Whitesnake, AC/DC, Ozzy Osbourne, Iron Maiden. Ele disse que eu podia escolher um disco. Tinha vários legais. Praticamente todas as bandas que estariam no Rock in Rio estavam ali. Coloquei o disco da Blitz.

— Sabia! — ele disse.

Sentei-me num pufe e Floco pulou no meu colo. João ficou olhando para a estante, segurando a caixa aberta nas mãos, como que tentando se decidir por onde começar. Tinha uma pergunta que eu estava doida para lhe fazer havia muito tempo.

– João, posso te perguntar uma coisa?

Ele fez que sim e eu perguntei por que, naquele primeiro dia que vim para a casa da dona Generosa, mesmo antes de me conhecer, ele já resolveu que não gostava de mim.

– Porque eu não queria dividir minha vó com ninguém.

Daí ele sacudiu a cabeça, como que se livrando de um pensamento qualquer e partiu para a ação. Começou por um boneco do Super-Homem, depois algumas caixas de quebra-cabeça, uma cartola de mágico.

– Foi uma criancice – ele acrescentou.

Pegou um sapo de pelúcia, um jogo de dominó, alguns gibis da Mônica. Foi atirando tudo dentro da caixa. Pegou o cubo mágico, mas nesse ponto eu o interrompi:

– O cubo mágico não!

João perguntou se eu queria o cubo mágico para mim. Estava montadinho. Um lado todo branco, outro amarelo, outro verde, outro vermelho, outro azul e outro laranja. Jurei a mim mesma que jamais desmancharia o cubo mágico do João, que guardaria comigo para sempre, como a prova concreta de que é possível ir do caos à ordem em menos de dois minutos.

Comentei que ele nem tinha tantas coisas de infância, a meu ver. Rapidinho a caixa estava fechada, lacrada e etiquetada. João recebeu meu comentário como um elogio.

– Você acha? – perguntou obviamente contente.

Assenti, meio sem graça. Mas daí tomei coragem e disse:

– Acho você um cara maduro.

João baixou os olhos e ergueu a caixa. Colocou-a ao lado da porta. Foi quando ouvimos uma voz feminina cantarolada.

– Pituco! A mamãe chegou!

PITUCO E CASSINHA

Dona Generosa estava numa cadeira de rodas, no meio da cozinha, tentando alcançar a porta do forno, sem conseguir. A mãe do João o recebeu com um abraço apertado que parecia que não ia terminar nunca. Enquanto isso, dona Generosa apalpava as rodas da cadeira, tentando contornar os dois e chegar ao fogão, reclamando da bagunça, da frigideira, da louça, da farinha no chão, do bacon fora da geladeira, da panela suja no fogão, da espátula lambuzada em cima da toalha da mesa e do cheiro de queimado.

Rapidinho desliguei o forno e tirei o bolo. Tinha tostado. Mas, enquanto João e sua mãe matavam as saudades no abraço eterno, eu cobri o bolo com um pano de prato e fui dar as boas-vindas à dona Generosa. Ela cobriu o rosto com as mãos, depois abanou a mão como se eu fosse uma mosca. Então eu me afastei.

— Senhor amado! — ela resmungou.

Eu perguntei se ela queria um cafezinho com bolo e ela me fuzilou com um olhar de um jeito que dei dois passos para trás e trombei no abraço da mãe do João.

— Cassinha! — ela exclamou. — Que prazer te conhecer.

Daí foi a minha vez de ficar mergulhada no abraço apertado que era acompanhado por um balancinho gostoso. O abraço terminou com ela me olhando bem nos olhos, com um sorriso lindo e dizendo:

— O João vive falando de você.

— Senhor amado, olha isso — dona Generosa resmungou e repetiu. — Olha isso!!!

Eu me desculpei pela bagunça e disse que em meia hora a cozinha estaria brilhando.

— Brilhando! — João repetiu. — A gente já ia limpar.

A mãe do João não me parecia nada preocupada com a sujeira na cozinha. Ela se sentou na cadeira, ao lado da sogra, apoiou o cotovelo na mesa e ficou olhando para mim e para João. Comentou que ele tinha crescido demais. Parecia realmente impressionada com isso.

— Você perdeu aquele jeito de menininho — ela comentou com um misto de nostalgia e alegria.

Com uma faquinha de manteiga fui raspando a camada preta do bolo tostado. Botei água para ferver e dona Generosa de novo tapou o rosto com a mão. Pediu à nora que a tirasse dali antes que ela tivesse um treco.

Nesse dia eu fiz questão de fazer uma mesa bem linda, com uma toalha florida, verde e rosa, que dona Generosa não usava nunca. Coloquei o bolo no meio da mesa, e pratos e xícaras de porcelana para quatro pessoas. As xicrinhas eram as da cristaleira da sala, cada uma de um jeito, uma mais linda que a outra, todas jamais usadas antes. A cozinha estava arrumadíssima, tudo brilhando. João e sua mãe já tinham levado a maior parte das coisas para o carro. Coisas dele e da dona Generosa. Durante o mês seguinte, ela ia ficar na casa do João, de repouso, quieta. Portanto, aquele era uma espécie de bolinho de despedida de todos nós.

— Menina, que delícia isso! — a mãe do João elogiou meu bolo.

— Eu que ensinei — dona Generosa resmungou.

João comentou que tinha aprendido a receita, e que faria um no fim de semana, quando o pai chegasse do Rio.

Dona Generosa botou seu pratinho em cima da mesa, com metade do bolo.

— Não gosto de bolo queimado.

Mas a mãe do João era da opinião que o queimadinho era a melhor parte, e comeu o resto do bolo da dona Generosa. Então ela pediu que João desse uma última geral na edícula para ver se ele tinha esquecido alguma coisa.

Sem as coisas do João, a edícula agora parecia um quarto de despejo com poucas tralhas acumuladas num canto. Senti uma leve tristeza quando o vi dando uma última espiada debaixo da cama. O colchão estava encostado na parede. Não, ele não tinha esquecido nada. Aguardou um instante antes de apagar a luz e fechar a porta. Olhou para o ambiente e disse "tchau".

— Vai ser bom voltar pra casa — ele disse em voz alta.

De palpável, eu só tinha a mochila da escola, mas a sensação era de que estava deixando um montão de coisas para trás. Minha mãe já estava na cozinha, conversando com a dona Generosa e com a mãe do João. Vi que ela estava segurando um pacote de papel-alumínio nas mãos e deduzi que eram pedaços do bolo de fubá com recheio de goiabada.

No caminho, ouvimos a mãe do João chamar por ele.

— Pituco! Vamos?

João gritou que sim, que já estava indo. Pediu apenas um minuto.

— A gente vai se ver amanhã na escola — ele disse para mim.

Sim, a gente ia se ver, portanto eu só assenti.

— Bem, é isso, então — eu disse num esforço de resumir tudo o que passava pela minha cabeça.

Nossas mães nos chamaram novamente e nós gritamos de volta ao mesmo tempo um sonoro "já vamos!". O jeito que elas chamaram remeteu ao jeito que todas as mães chamam, quando seus filhinhos estão brincando, mas que, por uma necessidade da vida real, é preciso encerrar a brincadeira e voltar para casa. Nossa brincadeira de casinha tinha chegado ao fim.

— Pelo menos a gente não se matou — João disse.

— E a sua vó até que sobreviveu — acrescentei.

– E também não traumatizamos o Floco – João complementou.

– Acho até que não foi tão horrível – eu disse.

– Não foi muito horrível, não. Eu acho que foi legal.

– Pra mim foi bom. Talvez eu me case algum dia, no futuro.

– Eu também acho que pode ser.

– Mas vai demorar – acrescentei, só para não deixar dúvidas.

– Ah, vai – ele concordou.

Então nós nos despedimos para sempre.

Na escola, deixamos de nos comportar como dois estranhos. Não nos tornamos amigos, mas colegas distantes com uma cumplicidade especial que dispensava conversas. Em algumas ocasiões, com poucas palavras, acessávamos tudo aquilo que tínhamos vivido, como uma lembrança secreta a ser guardada com carinho.

AGRADECIMENTOS

Este livro nasceu de um desafio chamado "Começando do zero". Eu e mais três amigas escritoras, Andrea Delfuego, Ivana Arruda Leite e Maria José Silveira, inventamos um sistema de trabalho em que começávamos a escrever novos livros todas ao mesmo tempo. Uma vez por mês nos encontrávamos na casa da Ivana e compartilhávamos o que havíamos produzido. Uma comentava o texto da outra, com o limite de dez páginas por encontro. Graças a vocês, Andrea, Ivana e Zezé, este livro ganhou corpo e fôlego. "Obrigada" é uma palavrinha comum demais para expressar o tamanho da minha gratidão.

Gratidão pelo empurrão, pelos cortes, pelas caras de espanto, pelas gargalhadas. Sem vocês, desconfio que estaria empacada até hoje.

Agradeço também a Venes Caitano, que soube desenhar o indescritível.

Agradeço a toda a equipe da Ciranda Cultural, pela dedicação e pelo capricho na confecção do "Casinha".